UN APPRENTI MODÈLE

NUNZIO SULPRIZIO

1817-1836

par le comte Édouard Le Camus,

chevalier de St-Grégoire-le-Grand.

Société Saint Augustin,

DESCLÉE, DE BROUWER et Cie

PARIS LILLE — 1891.

Un APPRENTI MODÈLE

NUNZIO SULPRIZIO

Un APPRENTI MODÈLE

NUNZIO SULPRIZIO.

1817-1836.

par le comte ÉDOUARD LE CAMUS,

chevalier de St-Grégoire-le-Grand.

Société Saint-Augustin,

DESCLÉE, DE BROUWER et Cie.

PARIS-LILLE. — 1891.

DÉDICACE

Aux apprentis du Patronage de Notre-Dame de Grâce.

C'EST pour vous, jeunes apprentis, que nous avons écrit ce livre. Nous avons pensé que le simple récit de la vie d'un enfant qui a vécu votre vie, qui a partagé vos joies, qui a souffert vos souffrances, pourrait être utile à quelques-uns d'entre vous. Vous verrez que, pour être un saint, il n'est pas nécessaire d'accomplir des actions remarquables; il suffit de remplir avec soumission tous ses devoirs d'état, il suffit de travailler consciencieusement et de marcher chacun dans la voie qui nous est tracée. Tous les exemples qui se trouvent dans la vie de Nunzio Sulprizio sont à votre portée; il ne dépend que *de vous d'être ses imitateurs. Nunzio Sulprizio peut donc être proposé comme modèle à tous les apprentis, mais c'est à vous spécialement, à vous les apprentis du patronage de Notre-Dame de Grâce, que j'ai voulu dédier ce travail, car vous avez tous un point commun avec notre héros. Le patronage de Grenelle est placé spécialement sous la protection de la Très-Sainte Vierge, que vous aimez à invoquer sous ce nom bien significatif de Notre-Dame de Grâce ; Nunzio avait une grande dévotion pour la Sainte Vierge; il la considérait comme sa Mère du Ciel et il avait en elle une confiance qui ne l'a jamais trompé ; il respectait et vénérait ses images, et parmi celles-ci il y en avait une pour laquelle il avait une prédilection marquée : c'était une image qui invoquait la sainte Mère de Dieu sous le nom de Notre-Dame de Grâce. Il avait compris tout ce qu'il y a de douceur et de puissance dans ce nom. Il savait que la Sainte Vierge est la dispensatrice de toutes les grâces de Dieu et qu'elle les répand abondamment sur ses enfants. Aussi avait-il constamment cette image entre les mains. En mourant, il la légua à son bienfaiteur le colonel Wochinger ; et le colonel raconte, quinze ans après la mort de Nunzio, « que cette image sur simple papier s'est conservée intacte, bien qu'il n'ait pas cessé de la tenir sous son oreiller. »*

Cette dévotion pour Notre-Dame de Grâce, vous l'avez, vous devez l'avoir tous, puisque c'est le nom si bien choisi que porte la Sainte Vierge dans le patronage de Grenelle. Cette sainte Mère vous aime tous avec la même tendresse, et elle est prête à répandre sur chacun de vous les trésors de grâces qu'elle aimait à déverser sur Nunzio, son pieux serviteur. Recevez-les, ces grâces, recevez-les et conservez-les dans votre cœur, et tâchez d'en profiter comme le doux apprenti que nous vous offrons pour modèle. Quand vous éprouverez de la peine, de la lassitude, du découragement, recourez à Marie, invoquez Notre-Dame de Grâce, et le secours d'en haut ne vous fera jamais défaut.

Cte ÉDOUARD LE CAMUS.

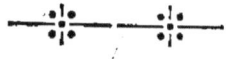

DÉCLARATION.

NOTRE but en écrivant ce livre a été de présenter Nunzio Sulprizio comme le patron des apprentis : la ressemblance de sa vie avec celle de tous les apprentis semble l'indiquer naturellement comme tel. Sans doute il n'a pas encore été canonisé, et nous ne voulons préjuger en rien les décisions de l'Église ; mais il a déjà été déclaré Vénérable, et c'est l'Église elle-même qui l'offre à notre vénération. Presque tous les corps de métiers ont un patron spécial, qu'ils aiment à regarder comme leur protecteur ; autrefois ces corps de métiers célébraient avec une grande solennité la fête de leur Saint ; ils portaient sa bannière dans les cérémonies réligieusés. Les apprentis, croyons-nous, n'ont pas et n'ont jamais eu de patron spécial. Sans doute ils ont comme exemple et modèle JÉSUS lui-même, le divin apprenti de Nazareth ; mais ce modèle paraîtra peut-être au plus grand nombre bien élevé et bien divin pour pouvoir être imité : l'exemple de Nunzio, au contraire, d'un modeste apprenti qui, par sa situation, sa condition de famille, s'est trouvé dans la même position que la plupart d'entre eux, leur paraîtra plus à leur portée et plus facile à suivre.

Nous nous estimerons heureux si ce récit peut inspirer à quelques-uns le désir de marcher sur les traces de Nunzio Sulprizio et d'imiter ses vertus.

PREMIÈRE PARTIE
L'ENFANT.

Nunzio Sulprizio

CHAPITRE PREMIER

Naissance de Nunzio Sulprizio. —
Sa famille. — Ses premières années.

LE petit village de Pescosansonesco,
dont le nom pittoresque semble un
peu barbare pour des oreilles françaises, se
trouve situé à peu près au centre de l'Italie,
au nord de l'ancien royaume de Naples,
dans les Abbruzzes. La chaîne des Apen-
nins, aux pieds desquels il est construit, le
domine du côté du sud, et forme une bar-
rière qui le protège contre les chaleurs de
l'été, souvent insupportables sous le ciel
d'Italie ; mais, par contre, le voisinage des
montagnes y occasionne pendant l'hiver des
intempéries inconnues dans d'autres régions
de la péninsule. Au nord, quelques collines
et des plaines fertiles s'étendent jusqu'à
la mer Adriatique.

C'est là que naquit Nunzio Sulprizio le
13 avril 1817. Son père, Dominique Sulprizio, exerçait dans le village l'état de cor-

donnier. — C'était un rude ouvrier, dur à la fatigue et besognant fort : il savait que le gain que lui procurait le travail de chaque jour était la seule ressource de son modeste ménage. D'une honnêteté à toute épreuve, d'un courage qui défiait toutes les adversités, il avait su se faire estimer et aimer de tous ses concitoyens.

Très exact dans l'accomplissement de ses devoirs religieux, Dominique avait surtout un grand respect pour la loi qui prescrit le repos du dimanche ; il croyait que l'argent gagné en enfreignant les commandements de l'Église ne peut pas être profitable, et aucun motif ne pouvait le décider à violer le repos dominical. Il poussait ce respect à un tel point que, dans un pays et à une époque où les lois de l'Église étaient encore généralement observées, ce respect pour le jour du Seigneur était regardé par tout le monde comme un des traits distinctifs de son caractère.

Dominique Sulprizio avait trouvé en Rose Luciani une digne compagne de sa vie et de ses travaux. Comme son mari, elle jouissait dans le village d'une estime générale, et tout le monde se plaisait à rendre hommage à ses vertus. Possédant toutes les vertus domestiques qui font de la femme chrétienne un trésor inappréciable pour son mari et pour ses enfants, Rose secondait autant que possible son mari dans ses travaux. Compagne de toutes ses joies comme de toutes ses préoccupations, elle avait à la fois la douceur du caractère qui fait aimer, et les qualités sérieuses qui font estimer.

Tous les habitants de Pescosansonesco reconnaissaient la supériorité morale des deux époux, et ceux qui ont été appelés comme témoins dans le procès de béatification de Nunzio Sulprizio ont été unanimes à reconnaître « que tous les deux avaient une réputation incontestée de

piété et d'honnêteté, mais que toutefois
on accordait à la femme une estime supé-
rieure encore à celle qui était acquise à
son mari. »

Les deux époux étaient pauvres des biens
de la terre, ils devaient gagner leur vie par
leur travail ; mais ils étaient riches en vertus
et en bonnes œuvres, et ce pain quotidien
qu'ils demandaient chaque jour au Seigneur
leur était accordé avec libéralité. Ils étaient
heureux, car ils trouvaient dans leur intérieur, dans la vie de famille, de douces et
paisibles jouissances que la richesse et la
fortune ne peuvent ni procurer ni remplacer.
Le Seigneur devait bénir cette union ; il
leur envoya d'abord une petite fille qui mourut à l'âge de quelques mois ; cette mort
causa aux parents une douleur bien profonde,
mais ils étaient heureux de penser qu'il y
avait désormais un petit ange au Ciel qui
veillait sur eux et les protégeait. Le Seigneur leur fournit d'ailleurs une consolation

terrestre en leur donnant un fils, l'enfant prédestiné qui fait le sujet de ce récit, et qui devait être la joie de ses parents et leur bénédiction.

Il est d'usage en Italie, comme en bien des pays où la foi encore vive veut éloigner le plus tôt possible des enfants la souillure originelle, de baptiser les nouveau-nés presque aussitôt après leur naissance. Dominique et Rose voulurent se conformer à cette pieuse coutume ; l'enfant avait à peine quelques heures d'existence lorsqu'il fut présenté aux fonts sacrés. Les parents de Nunzio avaient une dévotion spéciale pour la Mère de Dieu, et voulurent le placer sous sa protection en lui donnant un nom qui rappelât quelqu'une de ses fêtes ou de ses attributions. Parmi les fêtes de la Sainte Vierge, ils aimaient beaucoup le mystère de l'Annonciation, où la figure si pure de la Vierge Marie et celle de l'ange, messager de la bonne nouvelle, leur avait toujours ins-

piré un grand amour et un grand respect.
En Italie on invoque la Vierge de l'Annonciation sous le nom de *Maria Anunziata*. En donnant à leur fils le nom de
Nunzio, les jeunes époux voulurent le placer sous la protection de Maria Anunziata
et en faire un messager, *nunzio*, de joie
et de consolation. Aucun nom ne pouvait
mieux convenir au pieux enfant, car on peut
dire que, pendant toute sa vie, il a été, soit
par ses paroles, soit par ses exemples, l'apô-
tre, le messager de la bonne nouvelle, en
gardant toujours un culte privilégié pour
Celle qui lui avait été donnée au baptême
comme protectrice et comme patronne.

Les parents de Nunzio, comme on peut
bien le supposer, entourèrent les premières
années de leur fils des soins les plus tendres ; il commençait à peine à balbutier
quelques paroles que déja sa mère, qui sui-
vait avec une satisfaction bien légitime tous
les progrès de ce cher enfant, lui apprenait

Dixit autem Maria: Ecce
Dancilla Domini, fiat mihi
secundum verbum tuum

L'Annonciation

à prononcer les noms de Jésus et de Marie et lui enseignait à faire le signe de la croix ; de sorte que l'on peut dire que Nunzio reçut dès le berceau les exemples et les enseignements qui devaient servir de base à sa vie tout entière. Nunzio, dont l'intelligence heureuse se développait tous les jours sous une direction aussi attentive, profitait de ces bonnes leçons autant que son âge le lui permettait ; il croissait en science et en sagesse devant Dieu et devant les hommes ; il était encore à l'âge le plus tendre, que déjà toutes les mères de Pescosansonesco le montraient à leurs petits enfants, comme un exemple parfait de piété, de modestie et d'obéissance.

Nunzio avait à peine atteint sa troisième année lorsque survint un événement qui devait avoir une influence immédiate et importante sur son caractère. Il est d'usage en Italie, comme d'ailleurs dans d'autres pays chrétiens, de donner aux enfants le sacrement de Confirmation bien avant la Première Communion. En France, c'est une coutume si bien établie de faire suivre très rapidement la Première Communion par la Confirmation, que ces deux sacrements semblent le complément l'un de l'autre. Dans certaines régions de l'Italie, au contraire, les enfants, au commencement de ce siècle, ne faisaient habituellement la Première Communion qu'à 14 ou 15 ans, mais recevaient le sacrement de Confirmation, dès l'âge de 7 ou 8 ans, c'est-à-dire à l'âge de raison.

Les parents de Nunzio voulurent sans trop tarder faire bénéficier leur enfant des grâces que procure la Confirmation ; aussi profitèrent-ils d'une visite pastorale que faisait à Popoli, capitale de la province, Mgr Tibère, évêque de Penne, pour le lui présenter. Nunzio allait atteindre sa troisième année, mais son intelligence était si heureuse, sa piété si candide, que l'évêque n'hésita pas, malgré l'âge de l'enfant, à lui administrer le sacrement.

C'est le 29 mars 1820, que l'Esprit-Saint descendit dans l'âme de Nunzio et y déposa, en y répandant ses dons, les germes de ces vertus qui devaient plus tard s'épanouir dans tout leur éclat.

CHAPITRE DEUXIÈME

L'Orphelin.

LE bonheur n'est jamais de bien longue durée sur la terre, et, comme le dit avec beaucoup de vérité un vieux proverbe arabe : « Dès que tu as peint ta maison en rose, le sort ne tarde pas à la badigeonner en noir. » Les parents de Nunzio vivaient heureux et tranquilles, partageant leur temps entre le travail qui les faisait vivre et les soins qu'ils donnaient à l'éducation de leur fils, quand le malheur s'abattit sur la modeste maison et ne tarda pas à y frapper à coups redoublés. Il y avait environ deux mois que Nunzio avait reçu à Papoli le sacrement de Confirmation, quand Dominique tomba gravement malade. Le mal, dont au premier abord on n'avait pas soupçonné toute la gravité, fit des progrès si rapides que, malgré les soins intelligents dont Rose entourait son mari, il fut impossible au bout de peu de jours de conserver quelque espoir. Do-

minique, après avoir supporté avec courage et résignation toutes les angoisses de
la maladie, reçut les derniers sacrements
avec ces sentiments de foi et de piété qui
avaient guidé sa vie tout entière ; puis, sentant ses forces l'abandonner, il fit ses adieux
à sa femme et à son enfant, et expira doucement le 1er août 1820.

Nunzio était encore bien jeune à la mort
de son père ; il ne comprit pas, il ne put pas
comprendre toute l'étendue du malheur qui
le frappait ; pourtant, avec la précocité de son
intelligence, il sentit ce vide que cause dans
la maison l'absence d'un être bien-aimé tout
à coup disparu ; l'aimable enfant, reportant
alors sur sa mère toute l'affection qu'il avait
jusque-là partagée entre son père et elle,
comprit que, devenu la seule consolation de
la pauvre veuve, il devait désormais ne rien
épargner pour la rendre heureuse et la consoler ; aussi le vit-on, dès cette époque, redou-
bler envers elle de tendresse naïve et de

prévenances touchantes ; sa bonne humeur native se nuança d'une teinte sérieuse qui étonnait et charmait tous ceux qui l'approchaient.

Si la maladie et la mort d'un père bienaimé sont toujours un grand malheur dans toutes les familles, combien plus péniblement se fait sentir cette séparation, quand c'est une famille pauvre sur laquelle tombe ce malheur ! A la douleur causée par sa disparition se joignent les préoccupations du lendemain ; à la douleur morale viennent s'ajouter les souffrances matérielles.

Dominique Sulprizio était le soutien de sa famille ; c'est par son travail assidu qu'il arrivait à maintenir dans son modeste intérieur une certaine aisance.

Rose n'avait appris aucun état manuel. Après la mort de Dominique, que restaitil à la veuve et à l'orphelin pour suffire aux besoins journaliers ? Les quelques économies réalisées, grâce à l'esprit d'ordre des

deux époux, avaient été rapidement absor-
bées par la maladie de Dominique.

Rose cependant ne perdit pas courage.
Peu de jours après la mort de son mari, elle
alla se fixer avec Nunzio chez sa mère,
femme d'un grand mérite et qui avait l'affection la plus vive pour sa fille et son petit-fils;
puis, se mettant courageusement à l'œuvre,
elle essaya par son travail de subvenir à
leurs besoins ; mais la tâche était au-dessus
de ses forces : elle épuisa sa santé. Rose
s'aperçut bientôt qu'il lui serait impossible,
malgré tous ses efforts, de suffire aux frais
du ménage et de l'éducation de Nunzio, et
elle se demanda si elle ne ferait pas mieux,
en prenant un nouvel époux, de se donner
un protecteur et un soutien. Rose hésita
d'abord; elle craignait pour Nunzio les conséquences de son mariage, si son nouvel
époux ne partageait pas son affection. La
situation cependant devenait de plus en
plus pressante ; d'autre part un excellent

parti se présentait. Rose chercha un conseil dans la prière ; elle supplia la Mère des orphelins de l'assister, et, forte de ses bonnes intentions, elle se décida à se remarier : après une année de veuvage elle épousa Jacques-Antoine de Fabiis, qui habitait Corvara.

Toutefois, malgré la prudence qui avait dicté son choix, elle voulut, pour le cas où elle se serait trompée sur le caractère de son second mari, ménager à Nunzio un protecteur. Elle s'adressa à son frère Dominique Luciani, qui exerçait à Pescosansonesco l'état de forgeron. Dominique consentit à accepter la tutelle de son neveu, et fit à sa sœur des promesses d'affection et de dévouement qui remplirent son cœur de joie.

Nunzio toutefois continua d'habiter avec sa mère ; il quitta, non sans un serrement de cœur, son excellente aïeule, qui pendant une année l'avait comblé de soins, et suivit à Corvara sa mère et son beau-père.

On n'a recueilli que peu de détails sur cette

période de la vie de Nunzio. Il passa deux ans à Corvara ; tous ceux qui ont connu à cette époque le doux enfant, s'accordent à dire que tout le monde le considérait comme un modèle de douceur et de piété. Sa mère se consacrait à son éducation, et prenait plaisir à développer les germes si heureux qu'elle voyait se former dans l'âme de son cher enfant. A peine âgé de cinq ans, on le voyait déjà montrer toutes les qualités charmantes de cet âge. C'est à Corvara que Nunzio fut envoyé pour la première fois à l'école chez un prêtre pieux et zélé, Joseph de Fabiis : le digne prêtre se montrait émerveillé de la précocité du caractère et de l'intelligence de son jeune élève, et se disait aussi satisfait des progrès que de la conduite de l'enfant ; à toute occasion, il le montrait à ses condisciples comme un exemple de modestie et de dévotion.

C'est à cette période de sa vie que les épreuves commencèrent pour Nunzio ; il devait, dès l'âge le plus tendre, ressentir les atteintes de la souffrance, qui allaient, plus tard l'abreuver si complètement. Son beau-père était certainement un brave et honnête artisan ; mais, d'un caractère difficile et souvent désagréable, il faisait retomber sur Nunzio les effets de sa mauvaise humeur, et plus d'une fois il lui arriva de malmener et de frapper l'enfant de sa femme. Nunzio montrait déjà dans ces occasions une patience et une résignation au-dessus de son âge, et, chose plus admirable encore ! au lieu de se consoler en allant raconter ses petites peines à sa mère, ce qui certes eût été bien naturel, il s'efforçait au contraire de lui cacher ces persécutions ; connaissant sa tendre affection, il voulait lui épargner du chagrin.

On voit par ces faits combien les heureuses dispositions de Nunzio se développèrent pendant cette période de deux années qu'il passa à Corvara sous l'œil vigilant de sa sainte mère.

Nunzio allait atteindre sa sixième année,
quand le Seigneur lui envoya une nouvelle
et bien douloureuse épreuve, en lui enlevant
sa mère, cette mère pour laquelle il avait
l'amour le plus tendre et la plus grande vénération, cette mère qui était tout au monde
pour lui, presque son unique amour et son
unique appui. Il y avait environ deux ans
que Rose avait contracté son second mariage quand elle tomba malade; elle s'efforça
pendant quelque temps de lutter avec courage contre le mal qui la dévorait, mais
bientôt elle dut s'avouer vaincue et sentit
que la mort approchait à grands pas. Après
avoir donné à son mari et à son fils le spectacle de cruelles souffrances vaillamment
supportées, elle reçut avec piété les derniers
sacrements ; puis, abandonnant à la Providence le soin du petit ange qu'elle lui avait
confié, elle s'endormit dans la paix du Seigneur, le 5 mars 1823.

Le coup était terrible pour le pauvre orphelin : sans doute la mort de son père avait déjà fait une vive impression sur son caractère, mais cette nouvelle perte était la plus cruelle de toutes. Perdre sa mère à une époque où il avait encore tant besoin de ses soins dévoués, et à un âge où il pouvait cependant comprendre toute la portée du coup qui le frappait, sans avoir la force ni les moyens de lutter contre le malheur, c'était pour le pauvre orphelin une bien cruelle épreuve !

Néanmoins, avec la précocité de son intelligence et avec la piété qui le caractérisait, Nunzio comprit vite quelle était la main qui l'avait frappé, et, tout en s'abandonnant à sa douleur, il mit dans le Seigneur toutes ses espérances : il regarda le Ciel et demanda au Père des orphelins, à Celui qui console ceux qui pleurent, de ne pas l'abandonner.

IL restait encore à Nunzio sa grand'mère maternelle, Anna-Rosaria del Rossi, celle chez qui l'enfant avait passé une année avec sa mère après la mort de son père. Cette digne et excellente femme se rappelait avec bonheur le temps où son petit-fils habitait sa maison à Pescosansonesco, et, sachant que l'enfant ne trouverait pas dans la famille de son beau-père, ou même dans celle de son oncle, tous les soins et tous les bons exemples dont elle voulait le voir entourer, elle se hâta de réclamer le petit orphelin, que personne d'ailleurs ne songea à lui disputer. Nunzio de son côté, qui se rappelait avec bonheur, quoiqu'un peu confusément, le temps qu'il avait passé avec sa bonne aïeule, fut tout heureux de retrouver un cœur aimant et affectueux pour le consoler, un cœur qui partageait les mêmes regrets et les mêmes affections.

Nunzio resta trois années à Pescosan-sonesco chez sa grand'mère ; il y passa les meilleures et les plus heureuses années de sa vie, entouré d'affection et de bons exemples ; c'est pendant cette période que ses dispositions naturelles si heureuses se développèrent rapidement, grâce aux bons soins dont il était entouré ; c'est à cette époque que son caractère se fortifia, et que dans son âme se développèrent toutes les vertus dont il devait donner des preuves si éclatantes dans les années d'épreuve que la Providence lui réservait.

Anna-Rosaria del Rossi, à qui DIEU confiait ainsi l'éducation du petit orphelin, était une femme du plus grand mérite. Tous les témoignages s'accordent à reconnaître qu'elle menait une vie vraiment sainte. Il est même facile de retrouver dans les souvenirs qu'elle a laissés de sa vertu, quelques-uns de ces traits que nous verrons si fortement accusés dans l'âme de son petit-fils ; elle observait,

avec la plus religieuse exactitude, les lois de
Dieu et de l'Église, professant le plus grand
respect pour les prêtres, en qui elle voyait
la personne même de Jésus-Christ ; elle
exerçait la charité envers les pauvres avec
l'affection et la sollicitude d'une mère. On
remarquait surtout son abandon complet à
la Providence, et on l'entendait souvent dire
« qu'il ne faut s'attacher et se plaire à rien
qu'à ce qui plaît à Dieu et qui lui est agréable.» Elle avait une dévotion véritablement
filiale envers la Sainte Vierge, dévotion qui
se traduisait surtout par la récitation pieuse
et fréquente du Rosaire. Ainsi nous est dé-
peinte la grand'mère de Nunzio, d'après le
témoignage de tous ceux qui l'ont connue.

A partir du jour où elle recueillit l'enfant
dans sa maison, elle se consacra tout entière
à son éducation, l'entourant des soins les
plus intelligents et les plus dévoués, le gui-
dant dans la voie de la vertu autant par son
exemple que par ses conseils.

Nunzio, pendant son séjour à Corvara, avait été envoyé dans une école où il avait en fort peu de temps appris à lire et à écrire; déjà il s'était montré dès le début un écolier modèle, « allant à l'école, disent ses historiens, comme à un lieu de festin et de plaisir; et, ce qui est plus étonnant, cette première ardeur ne se refroidit jamais. » A Pescosansonesco, nous pouvons le suivre de plus près pendant les trois années de sa vie d'écolier.

Ce fut dans une petite école placée sous la direction d'un excellent prêtre, don Nicolas Fantucci, qu'Anna-Rosaria envoya son petit-fils. Cette école, qui avait été fondée et qui se maintenait grâce à la charité de son éminent directeur, était ouverte à tous les enfants pauvres du village. Nunzio témoigna vivement la joie qu'il ressentait de pouvoir continuer à s'instruire, et se révéla dès le commencement comme un modèle d'attention, de travail et de piété.

Don Nicolas Fantucci fut immédiatement

frappé des qualités de son nouvel élève en même temps que de la maturité de son intelligence ; et, voyant que ses heureuses qualités ne se démentaient pas un seul jour, il ne tarda pas à concevoir de l'enfant les plus belles espérances, et même à le regarder avec une admiration mêlée de respect : il croyait voir en lui les signes d'un prédestiné, et le montrait souvent à ses condisciples comme le modèle parfait de l'écolier et de l'enfant chrétien.

Don Nicolas Fantucci a été l'un des témoins qui ont déposé dans le procès de béatification, et les détails qu'il donne sur cette époque de la vie de Nunzio offrent autant d'intérêt que de charme.

« L'enfant étudiait avec une application infatigable, et, bien doué par la nature comme il l'était, il fit des progrès rapides. Il ne pouvait pas concevoir que ses jeunes condisciples ne prissent pas le même plaisir que lui à l'étude et ne montrassent pas une ardeur égale à la sienne. L'apathie des uns, l'intelligence bornée des autres le chagrinaient au delà de toute expression et stimulaient en lui le zèle d'une charité toute fraternelle ; il les reprenait de leur négligence, corrigeait leurs fautes et les encourageait sans cesse à mieux faire.

» Mais où il se surpassait lui-même, c'était pendant l'explication que le maître donnait de la leçon de catéchisme. Les yeux fixés sur le digne prêtre, suspendu à ses lèvres, il aspirait, si l'on peut ainsi parler, ses paroles. L'explication achevée, il restait immobile, recueilli, dans l'attitude de quelqu'un qui vient de participer à de saintes fonctions ; il méditait les grandes vérités qu'il venait d'entendre ; il les gravait dans sa mémoire, et il examinait quelle part elles devaient prendre dans sa vie.

» Les autres enfants, comme s'ils avaient hâte de se dédommager de l'attention qu'ils avaient prêtée pendant quelques instants à

un sujet si sérieux, couraient avec empressement à leurs jeux et s'y livraient bruyam-
ment. Étonné, peiné de cette dissipation
qui froissait ses instincts les plus intimes,
Nunzio ne se mêlait un peu plus tard à
leurs groupes que pour les réprimander
doucement : « Eh quoi ! leur disait-il, vous
ne croyez donc pas aux vérités que vous
venez d'entendre ? »

» Deux vertus, qui se trouvent bien rarement à un degré si éminent même chez les
personnes d'un âge plus mûr, faisaient le fond
du caractère de cet angélique enfant : l'humilité et la patience.

» Ainsi, et bien que d'une nature vive et
ardente, Nunzio souffrait tout, non seulement sans chercher jamais à prendre une
revanche, mais sans se plaindre, sans laisser
paraître aucun signe d'émotion, et sans concevoir le moindre sentiment d'aversion contre ceux qui l'injuriaient ou le maltraitaient.

» Il est facile par là, conclut don Nicolas

Fantucci, de bien juger dans quelle mesure Nunzio possédait les vertus qui sont celles de son âge et de son état.... Son obéissance était si parfaite qu'il était rarement nécessaire de formuler les ordres qu'on voulait lui donner : un signe suffisait.... Il est impossible d'aimer mieux ses parents et ses maîtres que Nunzio n'aimait les siens, et de leur mieux prouver cette tendressse. Rien ne lui coûtait : ni empressement à tout quitter, ni sacrifices de ses goûts, ni attentions et prévenances, quand il s'agissait de leur être agréable.

» Quant à son extérieur, il était ravissant de simplicité et d'innocence. L'angélique pureté de son cœur se peignait sur ses traits, et leur communiquait un charme auquel les hommes les plus endurcis ne pouvaient échapper. Sa seule vue exerçait un véritable apostolat : on pouvait dire de lui en toute vérité qu'il était un ange égaré sur la terre sous une forme humaine. »

Les historiens de Nunzio donnent des premières années de l'enfant un tableau que nous voulons reproduire :

La vertu du jeune Nunzio n'eut pour ainsi dire pas de commencement ; elle éclata comme ces boutons de fleur que l'on a vus éclos la veille et qui, le lendemain aux premiers rayons du soleil, apparaissent épanouis, éblouissant les yeux par la vivacité de leurs couleurs et répandant au loin le plus doux parfum.

Sa vertueuse mère avait été son premier catéchiste, et elle lui avait appris, au milieu des caresses et des plus tendres marques d'amour, les premiers éléments de notre divine religion. L'enfant écoutait cet enseignement sublime comme des choses qui ne lui étaient pas tout à fait étrangères ; pendant qu'on lui parlait de nos saints mystères, il lui semblait entendre un langage pour ainsi dire naturel. Il acceptait les vérités de la Foi avec avidité et les goûtait avec bonheur.

Pour lui, il n'y avait pas d'amusements plus doux que les cérémonies religieuses et l'exercice de la prière. Aussi le voyait-on rarement mêlé aux autres enfants, sinon pour concourir à quelque acte religieux.

S'il entendait, par exemple, la cloche du village annoncer aux fidèles qu'on allait porter le Saint Viatique à un moribond, il accourait et n'épargnait aucun effort pour obtenir la faveur de porter un cierge, afin de se ménager une place plus rapprochée du Saint-Sacrement.

Entendait-il ses petits camarades, emportés par la colère, laisser échapper des paroles grossières ou peu convenables ; les voyait-il commettre quelque faute, il les reprenait doucement et mêlait tant de bonté et de candeur à ses observations, qu'elles étaient toujours acceptées et bien souvent mises à profit. Il ne pouvait voir s'élever une dispute sans chercher à apaiser les combattants, et parfois il y réussissait ; il avait en un mot acquis un tel ascendant sur les enfants de son âge, que ceux-ci ne s'étonnaient plus de l'entendre encourager les tièdes à la ferveur, presser les indolents, engager les coupables à demander pardon.

Parfois même il en réunissait quelques-uns pour leur parler de Dieu, de leurs devoirs, des récompenses qui attendent les bons et des punitions réservées aux méchants, et toujours avec une simplicité pleine de charmes, qui faisait oublier l'âge du petit prédicateur pour ne laisser place qu'à l'admiration.

De retour à la maison, Nunzio ne donnait jamais un instant à l'oisiveté : tout le temps qu'il ne devait pas consacrer à faire ses devoirs ou à apprendre ses leçons était employé à rendre service à sa grand'mère, à réciter avec elle le Rosaire, à lire des livres de piété ou à apprendre des cantiques. Son amour pour ces chants pieux était tel que plus d'une fois on le vit se priver de goûter pendant plusieurs jours, afin d'amasser quelque menue monnaie pour acheter un nouveau cantique. Il les chantait à l'église les jours de fête, et c'était pour tous les fidèles une consolation et un véritable bonheur, que d'entendre célébrer les louanges de DIEU par une voix si pure au service d'une âme si candide.

Cet enfant de bénédiction avait compris que la manière la plus excellente de prouver à DIEU son amour est la mortification, le sacrifice de ses aises, de ses goûts, de tout soi-même. A peine âgé de sept ans, il se fit une loi constante de jeûner la veille des grandes fêtes ; il consacrait chaque semaine certains jours à de pieuses mortifications ; il multipliait encore ces pratiques de pénitence aux approches des fêtes de la Sainte Vierge et des grandes solennités, voulant se préparer par la souffrance à mieux célébrer ces fêtes de l'amour.

Il aimait à aller avec sa grand'mère

visiter le Saint-Sacrement. Chaque fois qu'il
le pouvait, il prenait le chemin de la paroisse
pour aller visiter son JÉSUS dans le tabernacle ; il y restait des heures entières,
excitant chaque fois, à son insu, l'étonnement et l'admiration des fidèles ; plusieurs
même se rendaient à l'église, quand ils
pensaient pouvoir y trouver le pieux enfant,
pour être témoins d'une ferveur si ravissante et si extraordinaire.

De telles vertus chez un enfant âgé alors
de huit à neuf ans ne pouvaient pas en effet
passer inaperçues, et les habitants du pays
commençaient à l'appeler *le petit saint*. DIEU
lui-même prit soin dès lors de montrer d'une
manière éclatante combien plaisaient à son
Cœur les vertus de Nunzio Sulprizio, en lui
accordant des grâces extraordinaires. —
Les témoins entendus au cours du procès
de béatification, n'ont pas hésité à lui attri-
buer le don de prophétie. Ils ont déposé
sous la foi du serment que, pleins de con-

fiance dans les lumières surnaturelles accordées à l'heureux enfant, les cultivateurs le consultaient souvent pour savoir si le temps serait favorable pour se livrer aux travaux des champs. Nunzio, levant les yeux au ciel, répondait ingénument : « Allez, vous aurez beau temps ; » ou bien : « N'y allez pas, le temps sera mauvais ; » et toujours ces prédictions se réalisèrent à la lettre.

Nunzio vécut ainsi trois années chez sa grand'mère, grandissant sans cesse en vertus devant Dieu et devant les hommes. A l'âge où les enfants commencent ordinairement à se laisser guider et corriger de leurs défauts, il était déjà le modèle des écoliers et des enfants chrétiens.

Le 4 avril 1826 Dieu rappela à lui la grand'mère de Nunzio Sulprizio. Elle mourut en emportant les regrets et la vénération de tous les habitants de Pescosansonesco.

Il est facile de comprendre toute l'éten-

due de l'affliction que ressentit Nunzio à
cette perte cruelle. Cette mort causa dans
son âme affectueuse une blessure qui restera
toujours vive ; à partir de ce moment et
tous les jours de sa vie il ne cessera de prier
pour celle à qui il devait tant. Il ne se lassait
pas dans la suite d'offrir à DIEU ses suppli-
cations, de gagner des indulgences et de
s'imposer des sacrifices pour assurer le
repos de cette chère âme, dont le souvenir
était si intimement lié dans son cœur à
celui de ses bien-aimés parents. « Il suffisait,
au serviteur de DIEU, a déposé Michel
Autore, qui le connut huit ou neuf ans plus
tard, de nommer sa grand'mère pour qu'il
donnât aussitôt les marques du plus grand
respect et de la plus profonde vénération,
disant qu'après la mort de ses parents, il
avait reçu d'elle les plus grands bienfaits et
les plus lumineux exemples de vertu. »

DEUXIÈME PARTIE

L'APPRENTI.

CHAPITRE PREMIER
∿ Les débuts d'un apprentissage. ∿

Nunzio avait neuf ans à la mort de sa grand'mère. Le Seigneur l'avait déjà trouvé mûr pour les épreuves, car cet événement va changer complètement l'existence de l'enfant ; il perd ce foyer hospitalier où il n'a rencontré que sympathie et affection, pour entrer, presque seul au monde, dans une vie toute différente et semée d'épines. « Quand Dieu fait souffrir beaucoup une âme, disait saint Ignace de Loyola, il montre qu'il a sur elle de grands desseins à accomplir ; » et saint Vincent de Paul exprimait ainsi la même pensée : « Ce sont les souffrances et les travaux pénibles qui rendent l'homme semblable à Jésus-Christ, et cette ressemblance est le vrai caractère des prédestinés. » C'est dans la souffrance que le caractère angélique de Nunzio, que sa patience à supporter toutes les épreuves, vont se montrer dans tout leur éclat.

Nunzio avait vu mourir en quelques années son père, sa mère et sa grand'mère. Le seul parent qui lui restât à Pescosansonesco était son oncle, Dominique Luciani, le frère de sa mère. Cet oncle, qui avait accepté d'être tuteur de l'enfant, et qui avait promis à sa sœur mourante de prendre soin du petit orphelin, devait rapidement oublier ses promesses d'affection et de dévouement.

Dominique Luciani exerçait à Pescosansonesco l'état de forgeron. D'une nature grossière et ignorante, Dominique s'était montré d'un caractère assez facile tant que la fortune lui avait été favorable. Pendant de longues années, il s'était estimé satisfait de sa position, fort aisée du reste. Mais du jour où l'adversité était venue le visiter, il avait ouvert son âme à la révolte et à la colère, il maudissait ce que, dans son orgueil, il osait appeler les injustes rigueurs de la Providence. Menacé à la fois dans sa petite fortune par des pertes d'argent, et dans sa profession par une concurrence inattendue, Luciani s'était laissé aigrir par les difficultés.

S. Vincent de Paul.
(Fac-similé réduit d'Edelinck, XVIIᵉ siècle.)

La cupidité s'était éveillée, et c'est elle qui guidait toutes ses actions, sans qu'aucun sentiment de justice et de charité pût le retenir. Nature violente et vindicative, la douceur et la patience d'autrui semblaient l'irriter encore.

Ce changement d'humeur ne s'était fait sentir que peu à peu et pour ainsi dire in-sensiblement, à mesure que les affaires de Dominique marchaient plus mal ; aussi pendant de longues années s'était-on mépris sur le caractère de Dominique, qui passait généralement pour brusque et bizarre plutôt que pour réellement méchant. De là en grande partie, l'illusion de Rose et sa con-fiance en ce frère si peu digne du précieux dépôt qui lui était confié.

« D'ailleurs, en demandant à Dominique d'accepter la tutelle de son neveu, c'était encore plus sur les soins et l'affection d'Anne-Rose, la pauvre femme de Dominique, que la mère de Nunzio avait compté. Anne-Rose en effet, qui les premiers jours garda près d'elle son jeune neveu, pour le consoler et

l'accoutumer à sa condition nouvelle, était
digne à tous égards de suppléer auprès de
Nunzio la sollicitude maternelle. C'était une
femme d'une grande piété et d'une haute
vertu. De douloureux chagrins domestiques,
joints à des revers de fortune, avaient mis
en lumière la rare énergie de son caractère
en même temps que son admirable résignation. La sympathie la plus affectueuse avait
toujours régné entre les deux belles-sœurs,
et la mère de Nunzio avait compté sur l'affection et la sage direction d'Anne-Rose
pour prendre soin de l'enfant.

» A peine Dominique vit-il l'enfant de sa
sœur établi chez lui qu'il se demanda quel
parti il pourrait en tirer. Il se dit qu'un enfant, doué comme son neveu d'un corps
robuste et d'une docilité à toute épreuve
ferait un excellent apprenti, qu'il pourrait
exploiter sans contrôle et dont il prolongerait
à son gré les services gratuits. Aussi, comme
l'intérêt de Dominique était en jeu, ses ré-

flexions ne furent pas longues. Après avoir
laissé à l'orphelin deux ou trois jours à peine
pour sécher ses larmes, il lui déclara brus-
quement qu'il eût à descendre chaque matin
à la forge.

» A cette injonction inattendue, Nunzio
allégua respectueusement la volonté de sa
mère, qui était qu'il continuât ses études
jusqu'à sa première Communion. Dominique
haussa les épaules : « Je ne sache pas, dit-il,
que tant de science soit nécessaire pour
battre le fer sur l'enclume ! Il est temps
pour l'enfant de se mettre au travail, et la
meilleure école pour lui, c'est la forge ; je
l'y attends dès demain matin à la première
heure. » Anne-Rose voulut risquer une ob-
servation : « Je suis seul juge et seul maître
de ce qui convient au fils de ma sœur, »
interrompit Dominique d'un ton qui n'ad-
mettait pas de réplique. Anne-Rose savait à quoi s'en tenir sur la ténacité de
volonté de son mari ; néanmoins la pensée

de sa belle-sœur lui donna le courage d'insister.

» Dominique imposa silence à sa femme par des paroles qui ouvrirent à Nunzio tout un horizon inattendu de sacrifices et de douleurs, et le firent entrer de plain pied dans les plus tristes réalités de la vie. Nunzio ne s'y trompa pas, et il lui sembla que son cœur allait se briser. Mais cette angoisse fut aussi rapide que profonde : « Avec une élasticité merveilleuse, tout son être se releva, sous le coup qui avait été prêt de l'anéantir non pour résister et pour lutter, mais pour se soumettre ! »

Le calme sourire qui lui était habituel reparut sur ses traits ; il ne se permit pas un mot, pas un geste, et seule Anne-Rose, à qui il avait confié ses espérances, surprit ou plutôt devina ce qu'il en avait coûté à cet enfant pour se soumettre avec une telle douceur.

« A partir de ce moment Anne-Rose tint

son neveu pour un saint. » Le sentiment
du devoir en effet était déjà si fortement
gravé dans cet enfant de neuf ans, que la
pensée ne lui vint même pas de se révolter
contre l'odieuse tyrannie qui l'atteignait dans
ses plus ardents désirs : la cessation de ses
classes, que l'intention de sa mère était de
lui faire continuer plusieurs années encore.

« Son sacrifice fut aussi généreux que
rapide et complet, et il se disposa à manœu-
vrer le soufflet de la forge de son oncle
avec sérénité, presque avec joie, comme si
le rude labeur de maréchant-ferrant eût été
l'unique but de ses désirs et de ses espérances. »

Anne-Rose, pleine d'admiration pour son
jeune neveu, se sentit dès lors pénétrée à
son égard, d'un sentiment dans lequel une
sorte de vénération se joignait à la plus
affectueuse tendresse, à la sollicitude la plus
dévouée. De ce moment aussi elle conquit
toute l'affection et la confiance du pieux en-

fant, qu'à toute occasion elle instruisait de ses devoirs, encourageait par ses conseils. Ces enseignements, donnés avec le cœur, et soutenus par l'exemple, furent grandement utiles au jeune apprenti.

Malheureusement pour l'enfant, Anne-Rose n'avait que bien rarement l'occasion d'exercer sa sollicitude à son égard. L'atelier du forgeron était complètement séparé de la maison d'habitation ; c'est dans cet atelier que les ouvriers et les apprentis passaient tout leur temps, c'est là qu'ils travaillaient, qu'ils prenaient leurs repas, de sorte que presque jamais Anne-Rose n'avait l'occasion de voir son neveu. C'est tout au plus, si le soir, ou à quelques moments bien rares de la journée, elle pouvait lui faire entendre quelques bonnes paroles.

Nous n'ignorons pas combien sont toujours pénibles les débuts d'un apprentissage, et, en présentant Nunzio comme modèle aux apprentis, nous connaissons les difficultés que tous rencontrent à ce moment qui est leur entrée dans la vie. Le jeune apprenti, lors même qu'il est placé dans les meilleures conditions possibles, a toujours une première période difficile à traverser. Tout est nouveau pour lui dans sa nouvelle condition. Au sortir de l'école, il se trouve jeté tout à coup dans ce monde inconnu et rempli d'obstacles qui s'appelle l'atelier. Il faut apporter de l'attention, de l'ardeur, à un travail manuel qui lui présente plus de difficulté que d'intérêt. Le nouvel apprenti doit faire toutes les corvées de l'atelier ; il aura à souffrir quelquefois de la mauvaise humeur du patron, des exigences des ouvriers, des espiègleries d'autres apprentis plus âgés que lui. Et ce changement brusque de vie a lieu à l'âge de douze ou treize ans, à l'âge où l'enfant n'est guère encore en état de comprendre la nécessité du travail manuel et les avantages qu'il procure, à un âge où il aurait encore bien besoin des conseils d'un père

expérimenté et des tendresses d'une mère.
Et dans cet atelier, l'enfant devra grandir et
devenir un homme, il fera l'apprentissage de
la vie en même temps que celui du métier,
et plus d'une fois il se sentira découragé,
perdu dans ce monde qu'il ne connaît pas,
et qu'il avait entrevu tout autre à travers les
douceurs de l'enfance.

Et encore cette peinture du début de
l'apprentissage, elle n'est exacte que dans le
cas où l'enfant a été placé dans un bon atelier, dans un atelier chrétien, comme il en
existe trop peu, mais comme il en existe
encore heureusement. Combien cette entrée
en apprentissage doit être plus pénible, lorsqu'un enfant comme Nunzio, un orphelin
n'ayant plus ni protecteur ni ami, tombe
dans un atelier où le patron, qui devrait être
son protecteur, devient au contraire son per-
sécuteur ! Les apprentis qui seraient tentés
de se plaindre et de se décourager, n'ont qu'à
regarder l'apprenti napolitain : ils trouveront

bien douce leur situation comparée à la sienne, et s'ils veulent pratiquer quelques-unes des vertus que leur offre ce saint modèle, ils triompheront facilement des petits ennuis et des petites difficultés qu'ils rencontreront sur leur chemin.

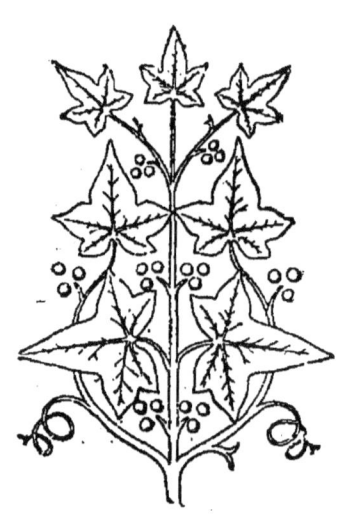

CHAPITRE DEUXIÈME
La forge de Dominique.

Nunzio commençait son apprentissage de forgeron dans des conditions aussi défavorables que possible. Forcé d'apprendre un état pour lequel sa nature délicate ne pouvait éprouver aucun attrait ; forcé à neuf ans de se livrer à des travaux qui demandent à des hommes vigoureux une grande dépense de force et d'énergie ; livré sans défense, sans protection et sans contrôle, à un patron exigeant et avare ; jeté tout d'un coup dans un atelier au milieu d'ouvriers ignorants et grossiers : voilà la situation dans laquelle se trouvait Nunzio à son entrée en apprentissage. Quel apprenti se trouva jamais aussi jeune, aussi dénué de secours, dans une situation aussi difficile ?

« Son entrée en ce lieu, disent les historiens de notre jeune héros, eût été pour tout autre comme l'entrée dans une sorte de vestibule de l'enfer. Dominique avait sous sa conduite d'autres apprentis, et Dieu, pour mettre en évidence la patience de son jeune serviteur, permit qu'ils s'attachassent à lui, tels que des démons avides de le tourmenter.

» Témoins de la façon brutale avec laquelle le tuteur traitait son neveu, du mépris qu'il lui témoignait, de la violence avec laquelle il le frappait, ils se crurent autorisés à agir de même, et bientôt ils allèrent bien au delà. Le maître s'absentait-il, il n'était pas de paroles injurieuses et de mauvais traitements qu'ils ne fissent éprouver à leur malheureuse victime. »

Nunzio dut aussitôt se mettre à la besogne ; il dut s'exercer à manier le marteau, à frapper sur l'enclume, à porter de pesantes masses de fer. Dominique ne voyait en son neveu qu'un apprenti commode, qui ne reculait jamais devant la tâche à accomplir, et il le surchargeait sans cesse des plus lourdes fatigues. Nunzio ne quittait guère l'atmosphère embrasée de l'atelier que pour faire les commissions du forgeron ; encore celui-ci ne consultait-il que son propre intérêt sans se préoccuper de la santé de l'enfant. Préférant souvent garder pour manier le marteau quelque apprenti plus âgé et plus robuste, il envoyait Nunzio au loin dans la campagne recevoir les commandes et les paiements ; trop souvent aussi il le chargeait de remettre le travail achevé ou d'apporter à la forge les instruments à réparer. On voyait alors le pauvre petit, au milieu du jour, sous les plus chauds rayons du soleil d'Italie, couvert de sueur et haletant de soif, marcher courbé en deux, sous le fardeau qui lui était imposé, et faire une longue course pour laquelle la sévérité du patron lui accordait à peine le temps strictement nécessaire.

En hiver aussi, il lui fallait parcourir de longues distances dans des chemins parfois couverts de neige, mal vêtu, plus mal

chaussé encore, tantôt glacé par le vent,
tantôt trempé de pluie, sans jamais avoir un
instant pour se reposer; il n'avait pas le droit
d'avoir froid ou sommeil quand le maître
avait donné un ordre.

« Bien des fois, racontait-il plus tard
avec simplicité, il s'était trouvé le soir perdu
dans la montagne, tout tremblant de froid
et de peur, en entendant les hurlements des
loups, rendus plus effrayants encore par le
silence de la nuit. »

C'était pitié, et en même temps merveille,
de voir un enfant de cet âge, le premier et le
dernier au travail, ne quitter le lourd soufflet
de la forge que pour manier de pesantes
masses de fer ou faire les courses de l'atelier, apportant à tous ces soins un air de
bonne volonté et une sérénité d'humeur que
rien ne pouvait altérer.

Tel était le travail qui remplaçait pour
Nunzio les études qu'il aimait tant, la classe
où il était si heureux de s'instruire, les con-

seils affectueux et les exemples de sa grand'
mère. Au lieu du prêtre zélé qui l'avait pris
en affection, au lieu des camarades d'école
souvent domptés par les charmes surnaturels du pieux enfant, un oncle sévère et bru-
tal, des compagnons d'atelier grossiers et
moqueurs.

Nunzio n'entendait plus autour de lui que
mauvaises chansons, propos libres et parfois
orduriers, plaisanteries équivoques, impiétés
et blasphèmes.

Que de fois sa modestie, sa patience, sa
piété, ne furent-elles pas tournées en ridicule!
Que de railleries mordantes, que d'insultes
ne recevait-il pas chaque jour !

Et les mauvais traitements non plus ne
faisaient pas défaut. On aurait peine à
croire tout ce que l'on raconte de la brutalité de Dominique, si ces récits n'étaient
appuyés sur des témoignages dignes de foi.

Dominique ne se contentait pas de reprendre durement, d'injurier et de menacer

Nunzio ; il vomissait contre lui des paroles obscènes et des blasphèmes si horribles, que le pauvre petit sentait la rougeur lui monter au visage, et, se voilant la figure de ses mains, courait se cacher. Le cruel patron, dans ses accès de colère, n'épargnait pas les coups : souvent il frappait l'enfant avec le premier morceau de fer qui lui tombait sous la main. On va même jusqu'à raconter que parfois, dans des accès de rage, il le soulevait de terre pour le laisser ensuite retomber lourdement sur le sol, et là le foulait aux pieds si cruellement, qu'il le laissait inanimé pendant des heures entières. A toutes ces brutalités, il ajoutait encore celle de réduire souvent, par caprice ou par manière de punition, la nourriture déjà insuffisante qu'il accordait comme à regret à son petit apprenti. Ces jeûnes étaient parfois si longs et si rigoureux que le pauvre enfant, toujours obligé de travailler et sentant ses forces trahir son courage, en était réduit à solliciter auprès de quelque âme charitable un peu de pain pour ne pas défaillir ; encore fallait-il ne pas être aperçu du terrible patron, qui aurait fait payer chèrement cette audace.

Il est facile de comprendre quelle crainte devaient inspirer à Nunzio de si durs traitements ; on le voyait pâlir et trembler de tous ses membres à la seule approche de son oncle ; même terreur quand celui-ci élevait seulement la voix. L'enfant redoutait d'autant plus les éclats de cette humeur toujours menaçante, qu'il lui était impossible de les prévoir ou de les prévenir : jamais, en effet, il ne donnait la plus légère occasion de reproche. Qui donc pourrait regarder comme une faute la demande, qu'il faisait parfois, d'aller entendre la Messe ou d'assister à la doctrine chrétienne ?

Certes, il n'en eût pas fallu autant pour pousser à bout une vertu ordinaire ; mais Nunzio, prévenu dès le berceau par la grâce

divine, savait trop bien de quel prix est
devant le Seigneur le mérite de la patience
et de l'humilité, pour ne pas profiter de toutes
les occasions de mettre ces vertus en pratique. Cette persécution physique et morale
à laquelle il se trouva livré, le trouva armé
pour la lutte ; de quelque côté qu'on l'atta-
quât, il demeurait impassible, et si parfois
se produisait dans l'intime de son cœur un
mouvement d'indignation ou de douleur, il
le réprimait comme une révolte contre la
volonté divine.

Convaincu que « la croix est le don que
le Seigneur fait à ses amis », il se reprochait,
comme une impardonnable ingratitude, de
ne pas répondre, par une humble et recon-
naissante acceptation, à la céleste faveur qui
le plaçait, dès son début dans la vie, parmi
les privilégiés du Sauveur.

Parfois cependant de grosses larmes, que
la force seule de sa volonté empêchait de
monter à ses yeux, retombaient bien lour-

dement sur son cœur ; mais cette angoisse, qui venait ajouter encore à ses souffrances, n'était qu'un tribut payé momentanément à la nature, et il ne tardait pas à reprendre sa bonne humeur et sa soumission.

Nunzio, en effet, après s'être montré plusieurs années l'écolier exemplaire, se montrait maintenant l'apprenti modèle. Il savait que le premier devoir de l'apprenti, c'est l'obéissance et le travail. Jamais on ne le vit s'arrêter qu'épuisé de fatigue, jamais on ne le vit reculer devant un labeur, quelque pénible qu'il pût être. Et il agissait ainsi, non pas seulement par crainte de son oncle et pour éviter les mauvais traitements, mais aussi et surtout pour accomplir son devoir.

Et certes il fallait, pour supporter sans se plaindre les brutalités de Dominique et des apprentis, il fallait une patience et une douceur héroïques, et Nunzio éleva ces deux vertus à la hauteur des épreuves qui les rendaient nécessaires. Non seulement les

mouvements de révolte et de colère lui
étaient inconnus, mais encore on ne l'enten-
dit jamais se quereller ou seulement se
plaindre. D'une humeur toujours égale, il
gardait un visage souriant, alors même qu'on
se faisait un jeu de l'insulter et de le faire
souffrir. Le plaignait-on en l'absence de ses
bourreaux, il gardait un silence charitable,
ou même s'accusait humblement de mal
remplir sa tâche. Cette conduite fut la règle
de toute sa vie ; lorsque plus tard on voulut
l'interroger sur cette période si douloureuse
de son existence, on ne put jamais lui arracher le récit des tourments, dont l'accablaient
son oncle et ses camarades d'atelier. Ce n'est
que par le témoignage des habitants du village, qu'on a connu quelques-unes de ces
souffrances.

Les lignes suivantes, écrites après la mort
de Nunzio, montrent bien l'estime et la vénération qu'inspirait sa patience :

« Je causais, il y a quelques jours, écrit le

vice-recteur du séminaire de Chieti, avec un homme très religieux de Pescosansonesco, et je lui demandais quelques détails au sujet du saint jeune homme. Il me répondit que, « quoique de naissance obscure, tout le temps qu'il était demeuré dans le pays, il avait été renommé comme un modèle de patience et de sainte résignation au milieu des mauvais traitements et de la cruauté de ceux qui le persécutaient. »

L'obéissance de Nunzio était d'autant plus admirable que les ordres qu'il avait à exécuter étaient plus brutaux et plus exigeants : c'est là qu'on reconnaît le caractère vraiment surnaturel de l'obéissance. « L'excellence de l'obéissance, disait saint François de Sales, consiste non pas à exécuter les ordres d'un supérieur doux et bienveillant, dont les ordres sont plutôt une demande qu'une exigence, mais à obéir promptement et sans hésitation aux ordres d'un maître rigoureux, sévère, de méchante humeur, et

qui ne se montre jamais satisfait. » Cette
obéissance si complète et si méritoire, Nunzio la pratiquait à un haut degré.

Patient jusqu'à l'héroïsme, Nunzio mettait encore en pratique le conseil donné par
le divin Maître de prier pour ceux qui nous
persécutent. Il témoignait à Dominique
toute l'affection et tout le respect dus à
l'oncle le plus tendre et le plus dévoué ;
chaque jour il priait pour lui, demandant au
Seigneur de lui accorder la force et la santé
nécessaires dans sa rude profession.

Anne-Rose, que désolait la cruauté de son
mari à l'égard du cher dépôt confié à leurs
soins, s'efforçait, pendant les rares moments
où elle possédait Nunzio auprès d'elle, de
compenser, à force de tendresse et de bonnes paroles, les rudes traitements dont elle
le savait l'objet. Encore ignorait-elle la
majeure partie de ce qu'il avait à souffrir.
Jamais en effet la douce victime ne laissait
échapper une plainte, et si Dominique n'eût

S. François de Sales.
(D'après la gravure de Morin, XVIIe siècle.)

pris plaisir à se vanter lui-même, de la façon
dont il s'y prenait pour apprendre à son
pupille *à battre le fer*, elle n'eût pas soupçonné ce qui se passait à l'atelier. Comment
en effet, eût-elle pu imaginer que l'angélique caractère du plus aimable et du plus
obéissant des enfants, au lieu de désarmer
la brutalité de Dominique, avait au contraire pour résultat de stimuler cette brutalité et de la porter jusqu'au dernier degré
de la fureur ? Comment eût-elle pu croire
que la piété de Nunzio, sa douceur, sa patience, étaient autant de griefs, non seulement aux yeux de si grossiers camarades,
mais à ceux de Dominique lui-même ?

Quel exemple, quelle leçon pour ces gens
que la moindre épreuve déconcerte, et dont
les bonnes résolutions viennent échouer
contre le premier écueil qui surgit sur leur
chemin !

LE temps s'écoulait ainsi, amenant tous les jours pour le vertueux apprenti quelque croix nouvelle, sans que rien lassât sa patience, et décourageât ses sentiments de respect et de docilité à l'égard de son oncle. DIEU était évidemment avec son jeune serviteur, dont il élevait le courage au niveau de l'épreuve qu'il lui ménageait.

Nunzio cependant sentait chaque jour ses forces décroître ; un travail continuel, des courses fatigantes et répétées, les mauvais traitements, et parfois la privation de nourriture, avaient peu à peu ruiné sa santé. L'enfant y ajoutait encore quelquefois des jeûnes volontaires : on a su que, même à l'atelier, il continuait sa pieuse coutume de jeûner les veilles des fêtes, pour entrer dans l'esprit de l'Église, le précepte ne l'y obligeant pas encore.

Cette vie de souffrance et de privation, à

l'âge où les enfants ont le plus besoin de ménagements, à l'âge où le développement du corps produit souvent un état de langueur et de fatigue, avait miné peu à peu le tempérament sain et robuste de l'enfant. L'état de maigreur à laquelle il se trouvait réduit, la pâleur qui couvrait par moments son visage, étaient des indices certains d'un mal intérieur qui le dévorait ; mais ce mal n'était pas caractérisé ; c'était un affaiblissement général, un état de langueur causé par un travail excessif, par un surmenage de toutes les forces physiques de l'enfant. Avec l'énergie qui le caractérisait, Nunzio luttait tant qu'il pouvait contre ce mal, dont il se rendait à peine compte, et il arrivait, à force d'efforts et de volonté, à continuer ce travail accablant et à supporter les mauvais traitements ; aussi personne autour de lui ne faisait-il attention à son état de santé, et son oncle continuait à le gourmander autant et plus que jamais. Malgré toute l'énergie dont est capable la volonté la plus ferme, il est un moment où la nature reprend ses droits, et où l'âme est forcée de faire des concessions et de se soumettre au corps. Nunzio était arrivé à un état de faiblesse et d'appauvrissement du sang tel, qu'il devait suffire du moindre accident, de la moindre indisposition, pour déterminer en lui un mal terrible, dont il portait les germes depuis longtemps, et contre lequel sa nature épuisée ne pourrait pas résister.

C'est précisément ce qui lui arriva.

« C'était pendant un hiver rigoureux ; la neige tombait à flocons épais et un vent glacé soufflait avec cette violence que connaissent seuls les pays de montagnes voisins de la mer. Une commande assez importante avait été faite à Dominique par un fermier, dont l'habitation était située au sommet d'une montagne voisine. Le travail était prêt et, soit que les autres apprentis, tous plus robustes et plus âgés que Nunzio, ne se souciassent pas de faire cette course par un temps pareil, soit que Dominique trouvât une cruelle satisfaction à imposer à Nunzio une tâche au-dessus de ses forces, toujours est-il que ce fut lui qu'il chargea de reporter l'ouvrage.

Nunzio obéit aussitôt et, tout épuisé qu'il est, plaçant le fardeau sur ses épaules, prend à pas lents et pénibles le chemin de la ferme. Nunzio plie sous le faix; qu'importe : l'obéissance domine si bien en lui toute autre préoccupation, qu'il ne se demande pas s'il lui sera possible d'aller jusqu'au bout. A travers le vent glacé, nu-pieds et à peine vêtu, le pauvre enfant se met à gravir le sentier couvert de neige; la rafale tourbillonne autour de lui et l'aveugle, menaçant de le renverser. Enfin, après avoir surmonté une fatigue et des difficultés faciles à concevoir, Nunzio atteint le but. Il dépose son fardeau, et, malgré une sueur abondante qui ruisselle sur tout son corps, il reprend aussitôt le chemin de l'atelier. Il refuse de s'arrêter, car son oncle lui a recommandé de revenir sans retard. Nunzio, qui ne transige jamais avec l'obéissance, reprend en courant le chemin de la forge, où il arrive tout baigné de sueur, et grelottant déjà du frisson de la fièvre. Ses yeux brillants, ses lèvres serrées, la pâleur et le vif incarnat, qui tour à tour se succèdent sur son visage, sont autant d'indices des souffrances de l'enfant. Mais Dominique ne s'en préoccupe aucunement ; au lieu d'envoyer l'enfant auprès de sa tante, pour lui faire donner en toute hâte les soins nécessaires, il le gourmande ironiquement sur la délicatesse de son tempérament, et lui ordonne de reprendre l'exercice du soufflet, ce qui, dit-il, *le réchauffera*. Nunzio d'ailleurs ne se plaint pas ; il ne parle à personne de son malaise, et, se mettant au travail, il achève comme d'ordinaire sa journée de labeur. »

Le lendemain l'enfant était fort malade ;

il n'en dut pas moins se lever et vaquer à ses travaux habituels. C'était, au dire de Dominique, le meilleur moyen de vaincre la souffrance. Le résultat d'un semblable traitement ne se fit point attendre : le sang de l'enfant ne tarda pas à se décomposer, ses jambes enflèrent, puis le mal se localisa, et, au bout de quelques jours, une vive douleur se déclara au bas de la jambe gauche, la cheville enfla, la marche devint difficile ; bientôt sur ce corps d'enfant usé avant l'âge, dont le sang épuisé et décomposé ne pouvait plus soutenir les forces, se manifestèrent tous les symptômes d'une tumeur de la plus dangereuse nature.

« En présence d'un accident si grave, la créature la plus délaissée, au point de vue des sollicitudes et des secours de la famille, trouve en tous pays chrétiens, et grâce aux établissements de bienfaisance publique, du repos, un toit protecteur, les soins d'un médecin et une hygiène convenable. Ce que la société offre aux plus pauvres, aux plus abandonnés de ses membres, Dominique Luciani le refusa inhumainement à son propre neveu, au fils de sa sœur. » En vain Anne-Rose, épouvantée des progrès rapides du mal, y voulut apporter quelques remèdes ; Dominique, dont la rage semblait croître avec les souffrances de sa victime, n'y consentit pas.

Il se fait montrer la jambe de l'enfant, sur laquelle une plaie horrible commençait à se former ; mais, après l'avoir regardée avec insouciance, il déclare que ce n'est que peu de chose et qu'il suffira pour la guérir d'y mettre un linge avec un peu de suif. Et, redoublant de brutalité, il répétait sans cesse son refrain habituel : Le travail guérit tout.

Le moment cependant arriva bientôt où la bonne volonté et le courage ne suffirent plus pour suppléer aux forces défaillantes de la victime. Il fallut bien se rendre à l'évi-

dence. Nunzio boitait et ne pouvait plus
faire de courses ni se livrer aux travaux de
la forge. D'autres auraient plaint le pauvre enfant et essayé de le faire soigner ;
Dominique ne pensa qu'à la perte du profit,
et sa mauvaise humeur ne fit que s'accroître.
Bientôt même l'amour du gain le rendit
inventif, et, pour tirer du moins quelque
avantage de son neveu, il l'employa à mettre en mouvement le soufflet de la forge.
Nouvelle souffrance pour Nunzio, contraint
de se tenir constamment près du feu et
obligé à de douloureux efforts pour manœu
vrer l'énorme machine ; c'est à peine s'il
peut se tenir sur ses jambes, et il lui faut res
ter debout, et sans cesse remuer et tirer la
corde qui met le soufflet en mouvement.
Et quand ses forces défaillantes trahissent
son courage ; le cruel patron a l'atroce
courage de l'y attacher à moitié évanoui,
« afin qu'au moyen du poids de toute sa
personne, il mette encore en jeu le souf-

flet de la forge ! » Il est facile d'apprécier quel dut être le tourment du pauvre enfant attaché, — et il faut prendre le mot dans son sens le plus littéral, — attaché à l'instrument de son travail, qui fut en même temps celui de son martyre ! »

Il est facile de concevoir combien la maladie, soumise à un semblable régime, fit des progrès rapides ; la plaie de sa jambe devenait chaque jour plus large et plus profonde ; bientôt même l'os fut attaqué et la carie du tibia se déclara.

Malgré les cruelles souffrances que cette plaie causait à Nunzio, jamais il ne fit entendre une plainte et moins encore un murmure. Seulement sa faiblesse, qui va chaque jour en augmentant, trahit de plus en plus souvent l'énergie de sa volonté. Parfois il s'affaisse comme une masse inerte. Alors son oncle entre en fureur, et il lui arrive de fouler sous ses pieds avec rage le pied malade de Nunzio.

L'*héroïque* enfant ne s'accorde même pas
le droit de pousser un soupir. Aussitôt que
ses forces le lui permettent, il reprend son
travail, s'excusant doucement, ou plutôt,
s'accusant de l'avoir interrompu.

Les autres apprentis de la forge, excités
par l'exemple du patron, enchérissaient
encore sur les cruautés de Dominique ; ils
plaisantaient le pauvre infirme, l'injuriaient,
le frappaient sans pitié : « Un de leurs amusements favoris était de battre le fer rouge,
de manière à faire jaillir les étincelles et les
débris de fer ardent sur le pied malade et
nu de Nunzio. » On ne connut ce raffine-
ment de barbarie que bien des années plus
tard, lorsque les médecins, en examinant le
malade, découvrirent des traces de brû-
lures qui sillonnaient sa jambe ; ils en de-
mandèrent la cause, et Nunzio, forcé de
rapporter ces faits horribles, en fit le récit
avec la plus tranquille simplicité.

A l'exemple du divin Sauveur, qui s'était

laissé injurier et maltraiter sans répondre à ses bourreaux, Nunzio supportait tout avec sérénité. Ni les menaces et les brutalités de son oncle, ni les railleries et les coups de ses compagnons, ne parvenaient à altérer son calme et son angélique douceur. Quand les enfants le voyaient passer dans la rue, appuyé sur un bâton ou sur sa béquille, et boitant péniblement, ils le poursuivaient de leurs rires moqueurs et de leurs insultes. Nunzio n'avait pas pour eux une parole de reproche, et si, allant plus loin, ils joignaient les coups aux insultes, Nunzio n'en gardait pas moins son visage calme et paisible.

Chaque heure qui s'ajoutait à ce mal si odieusement négligé en augmentait les ravages ; la corruption se mettait dans la plaie, où se développaient d'innombrables vers, — circonstance que Nunzio s'efforçait de cacher et de combattre en lavant sa plaie aussi souvent qu'il le pouvait ; — on le voyait chaque jour se traîner péniblement jusqu'à une fontaine appelée le Rocher Rouge, parce qu'elle jaillissait au pied d'un rocher de couleur rougeâtre qui se trouvait à peu de distance de la forge, et là, nettoyer et rafraîchir un peu sa plaie, laver ses pauvres linges tout souillés. La décomposition gagnait la masse du sang, la plaie s'envenimait de plus en plus, et le moment vint bientôt, où ni les emportements de l'oncle, ni la vaillance d'âme du neveu, ne purent plus éveiller le moindre éclair de force dans ce pauvre corps épuisé.

« L'avare tuteur se trouva alors dans une redoutable position pour sa cupidité : d'un côté, son pupille réduit à une complète impuissance, et de l'autre, une maladie invétérée qu'on ne pouvait désormais espérer guérir, qu'à force de soins et de dépenses. » Également incapable de se décider à nourrir, sans qu'il travaillât, un apprenti que dès lors il appelait « une bouche inutile », et à s'imposer les sacrifices nécessaires pour lui rendre des forces et une vigueur qu'il pût utiliser, Dominique s'arrêta au parti de se décharger sur la charité publique du soin de soigner les infirmités précoces de l'enfant de sa sœur.

La petite ville d'Aquila, située dans les Abruzzes ultérieures, non loin de Pescosansonesco, possédait alors un hôpital où l'on recevait les malheureux manquant de toutes ressources pour se faire soigner. C'est là que Dominique Luciani envoya son jeune neveu. Nunzio avait treize ans environ lorsqu'il fut dirigé sur l'hôpital d'Aquila. Il y trouva en arrivant un accueil compatissant et des soins expérimentés. La piété, la douceur du jeune malade, lui gagnèrent toutes les sympathies. Tout son être se dilatait dans cette atmosphère de calme, succédant à cette vie de souffrances, qu'il avait menée pendant les quatre années de sa vie d'apprenti. Jamais, depuis la mort de sa grand'mère, il ne s'était senti si heureux.

Mais ce moment de répit dans l'existence si tourmentée de Nunzio ne devait pas être de longue durée. Toutes les ressources dans l'art de guérir furent mises en jeu à son profit ; le mal était tellement invétéré, avait si complètement envahi tout l'organisme de l'enfant, qu'il fut impossible de le guérir. Tout au plus fut-il possible d'y apporter un soulagement momentané et d'en enrayer les progrès.

L'hôpital d'Aquila n'était pas une maison d'incurables ; dès qu'on reconnut que l'état de Nunzio ne laissait aucun espoir de guérison, et que l'enfant était infirme pour le reste de sa vie, il fut renvoyé à Pescosansonesco.

Nunzio, toujours soumis à la volonté de Dieu, reprit non sans une violente angoisse le chemin de la maison de son oncle.

Il est impossible de dépeindre la fureur de Dominique, quand il vit revenir chez lui, malade et infirme pour toujours, l'enfant

dont il se croyait débarrassé. En voyant de
nouveau dans sa maison la lourde charge
qu'il croyait en avoir pour toujours éloi-
gnée, il entra dans des accès de rage qui
dépassèrent toutes ses fureurs passées, et
« c'est alors qu'il se porta contre le jeune
infirme aux excès les plus cruels. »

A partir de ce moment les mauvais traitements redoublèrent. Dominique, ne pouvant presque plus tirer aucun parti de son
neveu, se montrait à son égard encore plus
irritable. Cette existence insupportable que
Nunzio avait dû subir avant son entrée à
l'hôpital, recommença de plus belle, sans
que rien pût exciter la compassion ou la
pitié de Dominique. Les injures, les coups,
tous les genres de mauvais traitements
furent multipliés comme à plaisir sur cette
innocente victime. Le pauvre enfant était
soumis à des jeûnes si fréquents et si rigoureux, raconte un témoin oculaire, que, pour
ne pas mourir de faim, il était contraint de

se traîner sur sa béquille pour aller en
cachette mendier aux alentours.

Ce qui est vraiment inexplicable, c'est
qu'aveugle dans sa rage, Dominique ne
l'était pas dans son appréciation des sublimes
vertus de l'enfant. Sa déposition au procès
est en effet curieuse à lire : « Nunzio avait
le caractère extrêmement pieux et docile, et
se montrait avide d'apprendre de saints cantiques. Un jour, ayant eu à sa disposition
trois grains (12 centimes), il les employa à
acheter un cantique qu'il chantait jusque
dans l'église. Il allait plusieurs fois le jour
à l'église, même en cachette ; et il est notoire
à tous, qu'il s'y tenait dans un vrai recueillement d'esprit et dans une parfaite modestie. »

Sa patience cependant ne faiblissait pas
un moment ; une femme du village, Marie
Galardi, a fait la déposition suivante :

« L'enfant était d'un caractère très docile,
résigné aux tourments que lui causait sa

plaie toute rongée de vers ; il était prompt à bénir tous ceux qui lui apportaient quelque soulagement par leurs bonnes paroles, ou en lui fournissant un peu de nourriture. »

Cette vie de souffrances se prolongea pendant les deux années que Nunzio passa chez son oncle au retour de l'hôpital d'Aquila. Mais si ce fut une période bien dure à traverser pour notre jeune héros, ce fut aussi par cela même, le temps le plus riche en mérites de sa vie si courte et si pleine.

Désireux de désarmer, par tous les moyens possibles, la colère de son oncle, Nunzio faisait des prodiges de volonté et de force pour se rendre utile. Il supportait ses souffrances avec une patience héroïque, et il mettait tous ses soins à la dissimuler, surtout auprès de sa tante, dont il appréciait la grande bonté à son égard. Lorsque la douleur atteignait son paroxysme, tout ce qu'elle parvenait à arracher de son cœur,

c'était une exclamation comme celle-ci :
« Et moi aussi, je veux être un saint, un
grand saint, et un saint sans retard. »

Et déjà il était un saint aux yeux de
DIEU, car, suivant la remarque de ses historiens, il l'a aimé et servi pour ainsi dire
en commençant à vivre ; il a eu le bonheur
de conserver son innocence baptismale, et
sa vie était si sainte, qu'on pouvait compter
les actes de vertu qu'il pratiquait par les
actions de toutes ses journées. Jamais les
personnes au milieu desquelles il vécut ne
le virent commettre de fautes volontaires,
ainsi qu'on peut en juger par cette déclara-
tion unanime et souvent répétée des témoins
de son procès de béatification : « *Nous
n'avons jamais remarqué en lui la plus
petite faute.* »

Estimant, dans son humilité, qu'il était
pour son oncle un fardeau dont aucune qua-
lité ne rachetait l'inutilité, il trouvait presque naturel que Dominique le traitât avec

rudesse et mépris. De lui-même, il le déclarait hautement : il n'était qu'indignité et
misère ; mais il sentait en même temps
que, revêtu de la grâce divine, il pouvait
aspirer sans présomption à la glorieuse im-
mortalité des élus.

Son espérance à cet égard était si ferme,
qu'aucune considération, aucune crainte ne
le troubla jamais. Il parlait du Ciel comme
assuré d'y aller un jour :

« O mon DIEU, s'écriait-il souvent, quand
donc viendra le jour où nous pourrons enfin
être heureux avec vous ! »

Et parfois, quand il causait avec sa pieuse
tante des amabilités de la vertu, du prix
des souffrances, des délices du Ciel, il ajoutait avec cette candeur naïve qui était le
trait distinctif de son caractère : « Au paradis, j'aimerai bien à venir m'asseoir auprès
de vous. »

Lui témoignait-on quelque étonnement
de le voir toujours dans la sérénité et le

bonheur, au milieu d'incessantes et incomparables souffrances : « Que m'importe de souffrir, répondait-il en souriant, pourvu que je sauve mon âme !... Oui, que Dieu sauve mon âme, et cela suffit.... »

Il ne faudrait pas croire toutefois que Nunzio s'appuyait sur le sentiment de son innocence pour revendiquer le Ciel. Bien loin de là, il espérait tout des mérites de Jésus et de Marie, et, comme il le disait quelquefois, « de la vertu des Cinq Plaies de Notre-Seigneur. »

A toute occasion, il protestait qu'il était pécheur, et, en parlant ainsi, il exprimait la véritable opinion qu'il avait de lui-même. Mais ce sentiment de son indignité ne lui enlevait pas sa confiance. « Le doux et tout-puissant Sauveur, avait-il coutume de dire, est venu sur la terre pour appeler non les justes, mais les pécheurs. »

Et il ajoutait : « De moi-même, je le sais, je ne puis rien, mais je sais aussi que

je puis tout en Jésus-Christ qui me for-
tifie. »

  « Une espérance si vive des biens du Ciel,
rapportent les témoins de sa vie, répandait
dans les yeux du saint enfant et sur son
visage un air de calme et d'allégresse qui
ravissait. »

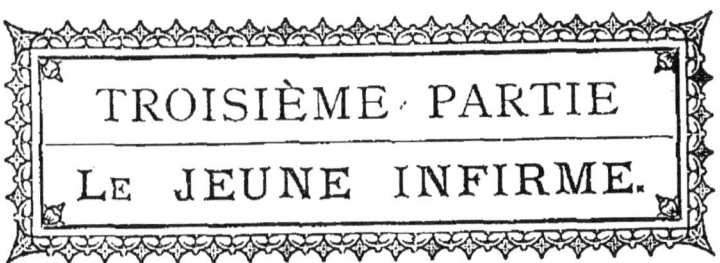

TROISIÈME PARTIE

LE JEUNE INFIRME.

CHAPITRE PREMIER

Secours providentiels. — Nunzio quitte la forge de son oncle. — Le colonel Wochinger.

LA parole divine, qui nous assure que nous ne serons pas éprouvés au delà de nos forces, se réalisa enfin pour Nunzio Sulprizio, et cela, au moment où son corps, complètement épuisé par les privations et les mauvais traitements, semblait près de succomber.

Malgré le soin que mettait Nunzio à dissimuler ses souffrances, non seulement à sa tante, mais aux yeux du public, le moment arriva où la conduite de Dominique souleva, en faveur du jeune infirme, la pitié et l'indignation des habitants du pays. Un bon vieillard nommé Galante, qui habitait près de la forge de Dominique, avait été plusieurs fois témoin des souffrances et de l'héroïsme de l'enfant. Non content de soulager autant qu'il le pouvait le petit malade, il résolut de

faire tout son possible pour arracher la jeune
victime des mains de son bourreau. Ayant
appris qu'à Popoli, capitale de la province,
Nunzio avait encore des parents, il s'y
rendit en personne, et le bon vieillard leur
fit, les larmes aux yeux, le récit des mauvais traitements que Dominique faisait
subir à son neveu. Il fut décidé d'un commun accord, qu'on allait immédiatement
se mettre en mesure d'arracher le pauvre
enfant au pouvoir cruel de son oncle, et
s'occuper de le placer dans quelque établis-
sement charitable de Rome ou de Naples,
où il serait reçu et soigné gratuitement. Il y
avait alors à Naples un oncle paternel de
Nunzio, nommé François Sulprizio, qui ser-
vait dans l'armée italienne, avec le grade de
caporal, au 2me régiment des Grenadiers
royaux. Aussi les parents de Nunzio pensè-
rent-ils que le mieux serait d'envoyer le
jeune infirme à Naples. Ils écrivirent immédiatement à François Sulprizio et lui dé-

peignirent la triste situation de son jeune

NAPLES. — Le Vésuve.

neveu, en le priant de songer aux moyens
de réaliser le projet qu'ils avaient formé. Le

brave caporal, ému du récit des souffrances de l'enfant, entra complètement dans ces idées, et leur répondit de l'envoyer à Naples, où il allait s'occuper de lui trouver protection et appui.

Ne voulant pas retarder davantage l'exécution de cette bonne œuvre, ces parents charitables vinrent prendre Nunzio, vers le mois de juin 1832. Dominique, comme on le pense bien, ne demanda pas mieux que d'être débarrassé de son apprenti désormais inutile. Quant à Nunzio, ce n'est pas sans une profonde émotion qu'il adresse un adieu définitif à tous les souvenirs de son enfance. Il embrasse avec effusion sa bonne tante et sollicite le secours de ses prières. Il prend congé de Dominique, en lui témoignant une affection et une reconnaissance plus admirables que méritées. Les Saints trouvent dans leur cœur assez de générosité pour témoigner, à ceux qui les ont persécutés, une véritable affection. Dominique lui-même, devant cette

dernière preuve de soumission et d'affection, sent fléchir sa dureté, et c'est avec émotion qu'il se sépare de son neveu, de cet
enfant de bénédiction, dont la douceur et
la patience ont fini par toucher son cœur.
A Papoli, où se rendit d'abord Nunzio,
habitait une sœur de son père ; l'enfant se
fit un devoir de la visiter. Il en reçut les
meilleures paroles d'encouragement et de
consolation, et quand il partit, cette tante,
après lui avoir donné quelques provisions
pour la route, le recommanda au Seigneur,
en lui faisant espérer que les soins et la
tranquillité qu'il trouverait à Naples, amè-
neraient promptement une guérison qu'elle
appelait de tous ses vœux.

Un de ces incidents inattendus, qui, en
toutes choses, se mettaient à la traverse de
la vie de Nunzio, comme pour toujours tenir
en haleine son incomparable patience, l'attendait au début de son voyage. A peine était-
il arrivé à Papoli qu'une occasion pour

Naples se présente. Un conducteur de voiture, qui retournait à vide à la capitale, consentit, moyennant une somme déterminée,
à se charger du jeune malade. Après être
convenu du jour et de l'heure du départ,
on donne, à titre d'arrhes du marché, six
carlins (1) à cet homme, qui met l'argent
dans sa poche et ne reparaît plus.

La tante de Nunzio s'indigne et se désole
de ce contre-temps, « car, dit-elle, bien des
jours peut-être se passeront avant qu'une
pareille occasion ne se représente. » Nunzio
sourit doucement :

« Dieu est un bon Père, dit-il ; tout ce
qu'il permet est pour notre bien ; prenons
donc patience. »

Nunzio a raison ; le contre-temps, si
déploré par ses parents, a été au contraire
un avantage pour lui. Cette voiture en effet
était découverte, ce qui, au mois de juin et
sous le ciel brûlant du royaume de Naples,

1. Environ 2 fr. 50.

eût rendu le voyage très fatigant pour le malade, tandis que peu de jours après, un honnête conducteur, ayant une voiture confortable et couverte, accepta volontiers de conduire le jeune homme, qu'il entoura de soins et de prévenances.

Les personnes qui virent à Naples ce petit infirme de quinze ans se traîner à travers les rues appuyé sur sa béquille, racontèrent plus tard combien il était pauvrement vêtu. Ses habits étaient si usés que les passants s'en moquaient. Mais Nunzio, selon sa coutume, conservait toujours la sérénité de son visage. Quant à son bagage, il était des plus légers ; il n'avait en sa possession que son petit office de la Sainte Vierge et un chapelet.

A peine arrivé à Naples, Nunzio se rendit au Château-Neuf, où l'attendait son oncle François Sulprizio. Celui-ci le reçut avec bonté, et voulut sur l'heure le recommander, et le présenter à son chef hiérar-

chique, le colonel Wochinger, dont il con-
naissait la charité et la piété. Ce dernier,
par son crédit, pouvait facilement obtenir
pour Nunzio une place à l'hospice des
Incurables.

Ils allèrent donc trouver le colonel, et
François lui fit l'émouvant récit des mal-
heurs de son neveu. Pendant que parlait le
brave caporal, le colonel Wochinger se
sentait touché jusqu'aux larmes à la vue de
ce pauvre enfant couvert de haillons, amai-
gri par la maladie et les privations, et qui se
tenait là, debout devant lui, appuyé sur sa
béquille, dans une attitude humble et rési-
gnée. Jamais il n'avait vu une telle misère,
ni entendu parler de souffrances aussi
affreuses ; jamais non plus il n'avait trouvé
personne qui lui fît une si profonde impression ; plus il le regardait, plus il se sentait
ému. La grâce divine rayonnait évidente et
éclatante sur ce visage d'enfant.

Une pensée charitable se présenta alors

à l'esprit du colonel : garder Nunzio auprès de lui au Château-Neuf et lui faire prodiguer les soins les plus assidus. Le colonel habitait avec sa sœur Françoise Wochinger, et l'enfant pouvait trouver dans cet intérieur tous les soins dont il avait besoin. Cette bonne pensée fut mise à exécution, et Nunzio fut installé dans cette maison hospitalière. Mais il lui fut bientôt impossible d'y rester. Le mal faisait d'incessants progrès, et les douleurs causées par la jambe malade étaient telles, que l'enfant tombait dans de longues et fréquentes syncopes, qui faisaient craindre pour sa vie. Évidemment, il fallait des soins très particuliers, de fréquentes visites de médecins, et toute une organisation qu'il ne pouvait trouver que dans un hospice. Aussi Françoise Wochinger se décida-t-elle avec son frère, à envoyer leur jeune protégé à l'hospice de N.-D. du Peuple, dit des Incurables.

Le 20 juin 1832 le colonel présenta lui-même Nunzio à l'hospice, où, grâce à son crédit, l'enfant fut admis immédiatement. Il avait alors quinze ans. Le colonel le recommanda chaleureusement aux médecins, aux directeurs et aux employés de l'hôpital, et ne voulut pas se retirer, avant de s'être assuré par lui-même que Nunzio était bien installé et ne manquait de rien.

« En tant que mauvais traitements et manque de soins, la période des épreuves était close pour Nunzio, mais le pieux disciple du Dieu de la Croix ne devait pas pour cela quitter la voie du Calvaire. La cruelle maladie dont il souffre ne lui laissera jusqu'à la fin de sa vie que bien peu de moments de répit ; mais Nunzio ne se plaint pas de ses souffrances, au contraire, car ce sera pour lui l'occasion de nouveaux mérites. « Nous devons souffrir avec patience les douleurs, disait-il, parce qu'elles viennent de Dieu. Si nous ne souffrons pas, nous ne pouvons pas espérer de jouir. »

Il devait expérimenter jusqu'au bout la douceur de cette parole de la Sainte Écriture : Bienheureux ceux qui pleurent, car ils seront consolés.

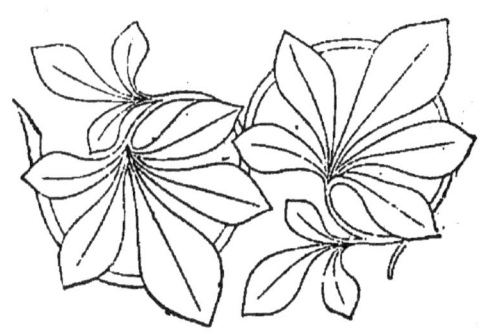

CHAPITRE DEUXIÈME.

L'hospice des Incurables (1).
(20 juin 1832 — 11 avril 1834.)

Nunzio trouva à l'hospice des Incurables, où il avait été si facilement admis grâce à son généreux protecteur, des soins expérimentés et dévoués. Le parfum de piété et d'innocence qui émanait de toute sa personne, inspirait une sympathie profonde et immédiate à tous ceux qui l'approchaient. Le jeune malade ne tarda pas à inspirer au directeur de l'hôpital et aux médecins le plus vif intérêt, et tous les moyens

---

1. A partir de cette époque, les renseignements sont très nombreux sur la vie de Nunzio Sulprizio. Tous ceux qui l'ont connu à Naples pendant les quelques années qu'il y séjourna (20 juin 1832 — 5 mai 1836), se sont plu à donner de nombreux détails sur son genre de vie, ses souffrances et ses vertus. Cette dernière période de la vie de Nunzio se trouve racontée d'une façon très complète dans un ouvrage italien publié à Naples en 1876 : « Vie du vénérable serviteur de Dieu Nunzio Sulprizio, par Raffaele Pica, prêtre napolitain. »

Tous ces détails, quelque intéressants qu'ils puissent être ne nous paraissent pas rentrer absolument dans le cadre

furent mis en œuvre pour assurer sa guérison. Après quelques semaines de séjour à
l'hôpital, les médecins, n'obtenant pas les
résultats qu'ils attendaient d'une médication
énergique, voulurent essayer d'envoyer le
jeune malade aux eaux d'Ischia, et le 10 juillet Nunzio partit pour Casamicciola, dans
l'île d'Ischia, où il resta vingt jours, sans que
ce traitement produisît dans son état une
amélioration notable. Le colonel Wochinger
avait poussé la sollicitude jusqu'à faire accompagner Nunzio par un de ses serviteurs,
nommé Antonio Stringalé. Ce dernier, qui

que nous nous sommes proposé. C'est surtout la vie et les
vertus de Nunzio, écolier et apprenti, que nous avons voulu
présenter à nos lecteurs. Dans ce chapitre et dans le chapitre suivant, nous ferons un récit exact, mais sommaire,
du séjour de Nunzio à Naples à l'hôpital des Incurables,
et chez le colonel Wochinger, laissant de côté un grand
nombre de détails fournis par l'auteur italien, et renvoyant
à cet ouvrage les personnes qui auraient la pieuse curiosité de s'édifier sur les vertus pratiquées à un si haut degré,
pendant cette dernière période de sa vie, par notre jeune
héros.

était un homme de confiance du colonel, devait veiller à ce que Nunzio ne manquât de rien et lui prodiguer les soins les plus minutieux. Nunzio, quoique convaincu que tous ces soins étaient inutiles, se prêtait à tous les traitements, même les plus pénibles et les plus douloureux, avec une obéissance parfaite, témoignant la plus vive reconnaissance à ceux qui lui donnaient leurs soins. La souffrance, n'était-ce pas le lot qui semblait lui être destiné sur la terre ?

Ici vient se placer une des pages les plus édifiantes et les plus touchantes de l'histoire de Nunzio.

« Nunzio venait d'atteindre sa quinzième année, quand il entra à l'hospice des Incurables de Naples, et cependant il n'avait pas encore fait sa première Communion. Il avait toujours eu, dès sa plus tendre enfance, un culte particulier pour la Sainte Eucharistie ; son recueillement en présence du Saint-Sacrement, son ardeur et son empressement

L'Ile d'Ischia.

à venir à l'église s'entretenir avec le Dieu du Tabernacle, avaient toujours frappé ceux qui en avaient été les témoins. Aussi ses protecteurs furent-ils grandement surpris, en apprenant que cet enfant si pieux, si instruit sur toutes les choses de la religion, n'avait pas encore fait sa première Communion.

» Le colonel Wochinger écrivit au curé de Pescosansonesco pour lui demander quelques renseignements à cet égard. Le digne prêtre se hâta de répondre ; il fit un éloge sans restriction de Nunzio, mais il ajoutait que c'était l'usage dans le pays de n'admettre les enfants à la Sainte Table, qu'après qu'ils avaient accompli leur quinzième année, et que, malgré la piété, la candeur et tous les mérites de Nunzio, il n'avait pas cru devoir faire une exception en sa faveur.

» Nunzio témoignait le plus vif désir de pouvoir s'unir au Sacrement de l'autel, dont la coutume de son pays l'avait jusqu'alors tenu éloigné. D'un autre côté, son âme était si pure et si candide, qu'il était pour ainsi dire tout préparé à faire sa première Communion. Aussi les Supérieurs de l'hospice se hâtèrent-ils de faire accomplir au jeune malade cet acte si solennel et si important dans la vie du chrétien.

» Il est plus facile d'imaginer que de décrire la dévotion et la ferveur avec laquelle Nunzio se prépara à recevoir dans son cœur le DIEU du Sacrement, son JÉSUS pour qui, depuis ses premières années, il éprouvait tant d'amour. Chaque instant qui le séparait de l'heureux jour lui paraissait un siècle.

» Le moment arriva enfin qui devait être pour Nunzio le jour le plus heureux de sa vie, et le saint enfant, « ne sachant pas s'il était au Ciel ou sur la terre, reçut la Sainte Communion avec une ferveur vraiment céleste. » Don Gabriele Buonocore, qui apporta à Nunzio la Ste Eucharistie, raconte combien il fut ému et touché de ce spectacle :

« La modestie de son visage était telle, ainsi
que toute sa contenance et les larmes qui
lui échappaient des yeux, qu'il semblait être
un ange égaré sur la terre, un séraphin in-
carné. » Et toutes les personnes présentes
ont apporté le même témoignage.

A partir de ce jour, Nunzio parut trans-
formé, et, d'après le témoignage de son confesseur lui-même, « la grâce céleste com-
mença à agir en lui d'une manière si peu
ordinaire, qu'on le vit, non plus marcher,
mais courir de vertus en vertus. Les yeux,
le visage, la langue du saint enfant semblaient respirer l'amour de Dieu et de Jésus-
Christ. »

« Il trouvait tant de délices dans la Communion, qu'il eût voulu participer à l'adora-
ble Sacrement tous les jours de sa vie ; mais,
à cause de son infirmité, il ne pouvait guère
se procurer cette consolation que les diman-
ches et jours de fête.

» Autant qu'il le pouvait, il se rendait à

l'église avec l'aide de quelques amis. Arrivé dans le lieu saint, il se retirait dans un endroit solitaire, et se préparait à cette grande action avec la ferveur d'un séraphin.

» La divine Eucharistie, en pénétrant dans son cœur, y produisait un effet subit et prodigieux.

» Sa joie était si sensible que de son cœur elle rayonnait sur son visage, et cela à ce point qu'il était facile de reconnaître le jour où il avait communié. D'ordinaire, en effet, il était d'une humeur tranquille et égale, mais les jours où il faisait la sainte Communion, il avait peine à contenir l'expansion joyeuse qui animait tout son être et le portait à parler avec abondance et onction de Dieu et de son amour.

» Arrivait-il qu'après la sainte Communion on allât le déranger trop tôt au gré de sa dévotion, il répondait avec un sourire ravissant :

« Oh ! je vous en prie, laissez-moi encore un peu, je suis si heureux ! »

Le Curé d'Ars.

» Cet amour pour le Fils avait développé en son cœur la plus tendre affection pour la divine Mère.

» Une de ses plus douces consolations était de s'entretenir avec cette auguste et tendre Protectrice. Il avait sans cesse le chapelet en main et, comme un autre grand serviteur de Dieu, le saint et vénérable curé d'Ars, il affirmait que : l'*Ave Maria* ne fatigue jamais. »

Sa grande préoccupation à l'hôpital fut de propager le culte de la Très-Sainte Vierge, pour laquelle il avait une si tendre affection. Dans la salle où il fut placé, se trouvait une statue de la Madone à laquelle personne ne semblait prêter une grande attention. Cette indifférence affligeait fort Nunzio, qui résolut d'organiser dans la salle un culte particulier en l'honneur de la divine Mère.

Grâce à ses soins, une lampe brûla constamment devant cette statue de la Sainte

Vierge. L'entretien de cette lampe devint une des constantes préoccupations du pieux infirme.

S'apercevait-il que son éclat venait à pâlir, aussitôt il allait, au prix des plus douloureux efforts, arranger la mèche et verser de l'huile.

Aux époques des grandes solennités, il dressait une sorte d'autel qu'il ornait de fleurs et de cierges ; il invitait tous les malades de la salle à se grouper autour de cet autel et à se préparer à la prochaine fête par les exercices d'une neuvaine. Grâce à la persuasion de Nunzio, toute la salle prenait part à ces saintes pratiques, et le cœur de l'enfant en tressaillait de bonheur.

La vénération pour les saintes images tenait une grande place dans les pratiques de piété du doux enfant. Dès sa plus tendre enfance, il eut coutume de déposer en la place d'honneur du modeste logis de ses parents celles qui lui étaient données. Ce

Ave gratia plena Dominus benedicta in te

ꟀR IOI IHS XRS

Notre Dame de Grace ppn.

respect dura autant que la vie de Nunzio.
Mais sa dévotion privilégiée fut toujours
pour la T.-Ste Vierge. Il en avait toujours
quelqu'image entre les mains et sous son
oreiller, et spécialement celle de Notre-
Dame de Grâce, pour laquelle il avait une
prédilection marquée.

Le séjour de Nunzio à l'hôpital ne fut
pas de très longue durée ; mais il sut y
laisser des souvenirs qui resteront parmi les
plus délicieuses traditions de la maison.

On aime à raconter comment, atteint lui-
même d'une des infirmités les plus doulou-
reuses qui puissent frapper l'humanité, il
oubliait, il faisait plus, il étouffait la voix de
la nature, jusqu'à dominer et vaincre la souffrance, pour voler au secours de ses compagnons d'infortune.

Un malade répugnait-il à quelque opération, à quelque pansement douloureux,
Nunzio, se traînait comme il pouvait jusqu'au patient, et, par ses exhortations, par

ses encouragements, il parvenait à lui rendre de l'énergie, ou au moins à lui inspirer un peu de cette résignation, dont il était un vivant exemple.

Les bienfaits du colonel Wochinger lui permettaient d'apporter parfois quelques soulagements à ses pauvres compagnons ; et il savait si bien approprier sa générosité aux besoins et aux goûts de chacun, que tous les pauvres malades le regardaient avec reconnaissance, comme un messager du Ciel, descendu sur la terre pour soulager leurs maux. Mais c'était surtout le salut des âmes qui enflammait son zèle. Envoyé par la Providence dans cet asile de souffrance, il y avait fait pénétrer, et il y entretenait, par le double ascendant de ses paroles et de ses exemples, comme une atmosphère de paix et de sérénité.

S'il apprenait qu'il y avait loin de lui quelque malade tout à fait ignorant des vérités de la religion, il s'arrachait de son lit malgré sa faiblesse et se traînait avec ses béquilles pour aller le visiter. Il liait conversation avec lui, s'insinuait dans son amitié, et lui apprenait toutes les vérités nécessaires pour le rendre capable de recevoir les derniers sacrements. Il dormait peu la nuit et passait le temps à prier ; souvent, quand les autres malades étaient endormis, il se levait sans bruit et se prosternait à terre durant des heures entières, et souvent pendant toute la nuit, malgré les vives souffrances que son pied lui faisait endurer.

« Le serviteur de Dieu, dit un témoin oculaire, était un ange véritable dans une chair mortelle. Il n'interrompait jamais l'exercice de la prière pendant qu'il était avec moi à l'hôpital. Une fois, je m'aperçus à une heure avancée de la nuit qu'il n'était pas dans son lit. Je regardai et je le vis étendu la face contre terre. Quand il quitta cette position pour se remettre au lit, je lui dis : « Nunzio, que fais-tu donc ? » Il me répondit : « Je pense à mon âme et je fais oraison. »

Quand la souffrance devenait intolérable, on l'entendait répéter d'une voix languissante : « Notre-Dame des douleurs, aidez-moi, afin que je puisse me conformer à la volonté de DIEU. »

Tant de souffrances si vaillamment supportées augmentaient chaque jour la sainteté de Nunzio, et le faisaient regarder par les autres malades comme un être vraiment angélique et extraordinaire, d'autant plus que souvent, pendant la dernière période de son séjour à l'hôpital, il eut, et à plusieurs reprises, des extases ; on voyait alors cet enfant, dont les traits portaient la pâleur de la souffrance, s'animer petit à petit et prendre une teinte ravissante ; et sans voir ni entendre, un sourire sur les lèvres, les yeux fixés au Ciel, il devenait immobile comme une statue.

Les spectateurs émerveillés se disaient

entre eux : Quelle merveille étonnante ! Nunzio regarde et ne nous voit pas.

Un jour, pendant sa confession, Nunzio
fut tout à coup saisi d'une extase ; son confesseur, don Ferdinando Gallo, affirma sous
serment que le visage de son saint pénitent
devint tout brillant d'une lumière céleste
pendant qu'il prononçait ces paroles : « Mon
Dieu, mon Dieu, mon Dieu ! »

Quelques instants après Nunzio, revenu
à lui-même, terminait sa confession.

Le même phénomène se reproduisit plusieurs fois pendant que Nunzio assistait à
la messe ou faisait la Sainte Communion
dans son petit lit.

Il n'est pas étonnant que Nunzio, par-
venu à un tel degré de perfection, ait reçu
de Dieu le don des prophéties et des miracles, ainsi que l'attestent ceux qui en ont
été les témoins.

C'est ainsi qu'une guérison miraculeuse
signala le passage de Nunzio à l'hôpital des

incurables. Un homme de Messine, nommé Nicolas Rosa, qui était affecté d'une plaie interne à la gorge, entra à l'hôpital de Naples et fut placé dans le lit voisin de celui de Nunzio. Rosa éprouva au début de son séjour à l'hôpital un certain dégoût, une vive répugnance au milieu de tant de malades. Nunzio ne tarda pas à prendre cet homme en affection à le consoler par de douces et affectueuses paroles, à le mettre au courant de tout ce qui se passait à l'hôpital, et il le disposa peu à peu à se confesser et à faire la Sainte Communion.

A partir de ce jour, Nunzio voulut soigner de ses propres mains son nouvel ami et lui faire les pansements nécessaires. Cependant, malgré ces soins le mal augmentait, et, au dire des chirurgiens, la plaie devenait d'une guérison difficile ; de plus, elle causait au pauvre malade des douleurs aiguës et continuelles. Nunzio continuait à lui prodiguer ses soins, et un jour, comme

il était occupé à panser l'horrible plaie, il
fut tout à coup saisi d'un ravissement exta-
tique, et, touchant la gorge de l'infirme,
il lui dit : « Ce n'est rien, mon ami, ce
n'est rien : vous serez guéri. » Cette parole
ne tarda pas à se réaliser, et, quelques jours
après, Nicolas Rose, à la stupéfaction des
médecins et de tous ceux qui le connais-
saient, sortit de l'hôpital entièrement guéri.

De semblables faits, joints à la renommée
de piété et de vertu de Nunzio, le faisaient
regarder comme un saint par tous les malades, et cet enfant de seize ans avait dans
toute la maison l'influence la plus salutaire
et la plus durable.

Aux eaux d'Ischia, où Nunzio fut envoyé
à deux reprises, comme à l'hôpital de Naples,
ses vertus et sa piété devaient briller du
plus vif éclat; et tous ceux qui le virent, pendant ce séjour aux eaux, le regardaient
comme une âme innocente, vertueuse et privilégiée ; le courage avec lequel il supportait

ses souffrances sans jamais s'impatienter ou se plaindre inspirait une estime générale. Tandis que les autres malades ne subissaient le traitement qui leur était imposé qu'avec répugnance, faisant entendre des plaintes et des paroles obscènes, Nunzio supportait tout avec une douceur héroïque ; et cependant son pied le faisait tellement souffrir que par moments, dit un témoin, il en perdait presque connaissance, et son visage prenait une teinte cadavérique.

Cependant les eaux d'Ischia, au lieu de procurer à Nunzio le soulagement qu'on en attendait, ne firent qu'aggraver son mal et augmenter ses souffrances. A plusieurs reprises il y fut pris d'une fièvre ardente, et il était forcé de garder complètement le lit, comme dévoré par un feu ardent.

Aussi quand Nunzio rentra à l'hôpital de Naples, son état s'était beaucoup aggravé. De fréquents accès de fièvre étaient pour lui une cause constante de souffrance et d'affaiblissement ; il tombait souvent dans des spasmes, dans des évanouissements prolongés, pendant lesquels il semblait presque ne plus respirer. Toutes les ressources de l'art devenaient impuissantes non seulement à guérir, mais à soulager ses souffrances.

Nunzio dut alors être classé parmi les malades pour lesquels la science humaine ne peut plus rien : on renonça donc à lui appliquer des remèdes qui n'avaient d'autre résultat que d'aviver ses souffrances. La vie de Nunzio ne pouvait plus être qu'un douloureux martyre : le saint enfant l'accepta avec joie.

LE colonel Wochinger, dans ses visites fréquentes à l'hôpital, avait senti son attachement et son affection augmenter de plus en plus pour son saint protégé. Du jour où il avait vu venir à lui l'aimable et reconnaissant apprenti, son opinion avait été formée. « C'est un vrai disciple de la Croix, un élu de DIEU, un prédestiné, » avait-il dit tout d'abord. — Plus tard il ajoutait : « Cet enfant est comme une leçon vivante que la bonté divine a placée sur mon chemin pour me conduire au Ciel... Comment, par exemple, pourrais-je ne pas accepter courageusement les maux que DIEU m'envoie, quand je vois Nunzio, dans des paroxysmes de douleur, qui arracheraient des cris à l'homme le plus énergique, prendre entre ses mains son pied que l'ulcère dévore, et, le soulevant comme pour l'offrir en holocauste, murmurer d'une voix

ferme, en dépit du tremblement involontaire
de son corps, ces mots si simples et si héroïques : « O sainte volonté, volonté de mon
Dieu, venez à mon secours ! » Comment,
ajoutait ce brave colonel, pourrais-je hésiter
à verser mon superflu dans le sein du pauvre, lorsque lui-même il se montre si ingé-
nieux à se priver de ce qui, à tant d'autres,
semblerait à peine le nécessaire, et que je
le vois accompagner son offrande, d'une simplicité si charmante, qu'on serait tenté de
trouver avec lui que sa générosité est
toute naturelle ! Se prive-t-il pour autrui
d'une partie de sa nourriture, on lui entend
dire : « Eh ! ne faut-il pas que cette pauvre créature se nourrisse, elle aussi ? » —
N'a-t-il rien à offrir au malheureux qui
s'adresse à lui, il se montre plus confus que
s'il se trouvait en présence d'un créancier
qu'il ne pût satisfaire. Dans sa peine il a
recours à Dieu et le conjure de suppléer
à sa pauvreté. Alors on le voit tomber à

genoux, joindre dévotement les mains et

NAPLES. — Le château Neuf.

réciter de tout son cœur un *Pater*, un *Ave*

et un *Gloria* : « Voilà tout ce que je puis vous donner, dit-il ensuite au solliciteur, je n'ai pas autre chose...; mais ayez bon courage, Dieu fera ce que je ne puis faire et il le fera mieux que moi. »

Le colonel Wochinger, ne pouvant plus rien pour essayer d'obtenir la guérison de Nunzio, voulut au moins adoucir ses souffrances, en lui procurant tous les secours matériels et tout le confortable nécessaire : il voulut, en l'entourant de soins et d'affection, tâcher d'adoucir les derniers moments de cette longue agonie.

Le séjour de l'hôpital n'était plus une nécessité pour Nunzio, puisque la science renonçait à le guérir ; aussi le colonel prit-il la résolution de faire sortir le jeune homme de l'hôpital et de lui donner un asile dans sa propre demeure. Il serait sûr ainsi que le pauvre malade recevrait toujours les soins les plus empressés ; il pourrait lui consacrer lui-même une partie de son temps et à chaque heure du jour lui témoigner son affection.

Le personnel tout entier des Incurables s'émut à la pensée de perdre l'aimable et saint malade, et ce ne fut pas sans une lutte assez vive que le colonel parvint à réaliser ses desseins. La vertu du jeune homme rayonnait avec tant d'éclat dans l'hôpital, elle répandait dans cet asile de douleurs une telle atmosphère de sérénité et de joie, que, depuis le directeur jusqu'au dernier des infirmiers, jusqu'au plus humble des malades, chacun considérait son départ comme une perte irréparable. De son côté, Nunzio, dont l'humilité était une des principales vertus, se trouvait à son aise au milieu d'un hôpital, entouré de malades pauvres auxquels il pouvait faire quelque bien. Aussi ce ne fut pas sans une secrète répugnance que Nunzio, malgré sa tendre et respectueuse reconnaissance pour son bienfaiteur, dut se prêter à ce changement de domicile et de vie.

Le colonel Wochinger habitait alors le Château-Neuf : c'était la résidence de cet officier supérieur, qui commandait à Naples les troupes royales. Nunzio fut installé dans sa nouvelle demeure le 11 avril 1834 ; il avait alors dix-sept ans.

Une vie toute nouvelle attendait Nunzio. Cet enfant, qui avait passé sa vie dans les épreuves et dans les larmes, se vit tout à coup l'objet des plus délicates prévenances ; les hommes les plus distingués lui prodiguaient de l'estime et de l'affection. Il se vit combler d'égards par le bon colonel, qui le considérait comme un être privilégié, comme une créature comblée de tous les dons les plus précieux ; il trouva un logis commode, bien aéré, une table abondante et soignée. Certes il y avait là de quoi éblouir une nature moins parfaite ; mais Nunzio attachait trop peu d'importance au côté matériel de la vie pour se laisser influencer par l'excès de la prospérité : aucun changement ne se produisit non seulement dans ses sentiments, mais même dans ses habitudes. D'une sobriété poussée jusqu'à l'austérité, il n'acceptait que le strict nécessaire, et, avec l'assentiment du colonel, il distribuait le reste aux pauvres ; et comme, à certains jours, on lui reprochait de se retrancher une trop grande quantité de nourriture : « Qu'importe ! répondit-il, il faut bien que les pauvres de JÉSUS-CHRIST puissent manger. »

Quelques jours après l'arrivée de Nunzio dans la demeure du colonel, une légère amélioration se produisit dans son état, et les douleurs qu'il ressentait dans le pied semblèrent vouloir se calmer ; il put même abandonner sa béquille et se promener appuyé sur une canne. Le colonel, devant cette amélioration notable, conçut même l'espoir d'une guérison complète, et, sur l'avis des médecins, il résolut d'essayer de demander une troisième fois aux eaux d'Ischia une guérison si ardemment désirée.

Nunzio, pour qui les moindres désirs du colonel étaient des ordres, reprit la route des bains d'Ischia. Comme les premières fois, le colonel fit accompagner Nunzio par un de ses serviteurs ; mais ce dernier, en maintes circonstances, se montra indigne de la confiance du colonel, et, au lieu de soigner et de servir le pauvre infirme, souvent l'abandonnait à lui-même et lui prodiguait même de mauvais traitements. Nunzio supportait tout avec sa patience habituelle, et ne fit jamais entendre aucune plainte à cé sujet, bien que ce manque de soins fût pour lui un accroissement de souffrances. Nunzio s'était soumis docilement à cette nouvelle médication ; c'est avec une grande joie qu'il en vit approcher le terme et qu'il put retourner à Naples chez son bienfaiteur.

L'amélioration qui s'était produite dans l'état de Nunzio sembla s'accentuer encore sous l'influence salutaire des eaux d'Ischia, et le colonel éprouva une bien vive joie à voir revenir son jeune malade dans un état de santé relativement satisfaisant.

Bien souvent, depuis sa plus tendre enfance, Nunzio avait eu le désir de se consacrer entièrement à la vie religieuse ; la longue maladie dont il avait été victime avait jusque-là, non pas étouffé son désir, mais mis à sa réalisation un obstacle absolu.

L'amélioration produite dans sa santé raviva en Nunzio ce désir d'embrasser la vie religieuse, et il s'en ouvrit à son confesseur et au colonel, pour lesquels il n'avait pas de secrets. Le pieux colonel ne voulut pas résister à ce désir, et, malgré toute la peine que lui causait la pensée de se séparer de son protégé, il ne se croyait pas le droit de résister à ce qu'il pensait être la volonté de Dieu. Aussi se prêta-t-il lui-même à la réalisation de ce projet, et, pour en faciliter l'accomplissement, il fit instruire Nunzio dans les éléments du latin, en lui faisant donner des leçons dans sa propre demeure.

Cette étude procura à Nunzio une joie extrême ; il y apporta un tel zèle et une telle ardeur, malgré les souffrances qu'il ressentait encore de temps à autre, que ses progrès furent extrêmement rapides ; et il put bientôt entrevoir le moment si désiré où il pourrait entièrement se consacrer à DIEU.

Parmi les Ordres religieux qui existaient alors à Naples, l'Ordre austère des Franciscains de la stricte observance était celui qui lui inspirait le plus d'attrait. La « Vie de saint Pierre d'Alcantara,» instituteur de cette réforme Franciscaine, qu'il avait souvent entre les mains, et la conduite édifiante de ces religieux, lui inspiraient le désir de suivre d'aussi nobles exemples.

Mais le Seigneur, dont les voies sont souvent impénétrables, avait formé d'autres desseins sur son jeune serviteur. Le mal invétéré qui rongeait le pied de Nunzio, et qui lui avait laissé quelques mois de répit,

S. Pierre d'Alcantara, d'après le tableau de F. Zurbaran, au
Musée du Prado à Madrid.

ne tarda pas à se raviver de nouveau, et avec
une violence qui ne laissa au pieux enfant
aucune illusion sur son état, et lui enleva
tout espoir de pouvoir jamais se plier à la
règle sévère de la vie religieuse. Nunzio
comprit que telle n'était pas la volonté de
DIEU, et i se soumit à cette épreuve nouvelle avec sérénité.

« Nunzio était un ange ; la terre ne pouvait pas longtemps lui servir de demeure ;
ce n'est pas la demeure qui convient aux
anges. »

Nunzio dut donc renoncer à la pensée
d'entrer dans un Ordre religieux, mais il
voulut, en restant dans le monde, se conformer autant que possible aux règles de la
vie religieuse.

Il obtint du colonel, dans les derniers
temps de sa vie, l'autorisation de se retirer
dans une chambre solitaire. Il se revêtit
d'une robe de bure, comme celle que por-
tent les Carmes, et se livra à tous les exer-

cices de la plus profonde piété : sa vie se partageait entre la prière et l'étude, la récitation du Rosaire et les œuvres de charité ; il pratiquait toutes les mortifications des sens que son état lui permettait d'accomplir, et cela, non seulement quand la souffrance lui laissait quelque répit, mais même au milieu des plus vives douleurs.

Le Seigneur, qui voulait faire de son jeune serviteur un modèle parfait de douceur et de souffrance, lui envoya encore une autre épreuve pendant les deux années qu'il passa chez le colonel Wochinger. Le pauvre infirme eut beaucoup à souffrir de la part des domestiques, qui ne manquaient jamais l'occasion de lui témoigner leur mauvaise volonté et leur répugnance. Jaloux de la confiance et de l'affection témoignées par leur maître à « ce malade repoussant, à ce pauvre qu'à tous égards ils estimaient leur être inférieur » et que, cependant, ils evaient entourer de soins, les serviteurs du colonel se dédommageaient en secret des égards qu'en présence du généreux officier ils étaient obligés d'avoir pour Nunzio. Il n'est pas de marques de mépris et de dégoût qu'ils ne lui prodiguassent, pas de paroles grossières ou offensantes qu'ils ne lui fissent entendre. Ils savaient que l'héroïque jeune homme ne se plaindrait pas, mais au contraire qu'il redoublerait de douceur, de patience, de charité, et ils ne craignaient pas d'abuser de cette héroïque vertu pour le tourmenter comme à plaisir. Ils ne lui épargnaient même pas, malgré son infirmité, les coups et les mauvais traitements. Souvent, pendant les fortes chaleurs, quand Nunzio était dévoré par la fièvre, ils refusaient de lui apporter de l'eau fraîche, et le pauvre malade était forcé de surmonter ses douleurs, et de se traîner jusqu'à la cruche ; d'autres fois ils le laissaient seul enfermé à clef.

Un exemple de ce mauvais vouloir don-

nera au lecteur la mesure des épreuves que
notre aimable héros était appelé à subir.

« Les médecins ayant ordonné à Nunzio
» de faire quelques promenades sur un âne,
» afin d'aider la circulation du sang et de
» combattre l'affaiblissement toujours crois-
» sant de ses forces, le colonel, espérant
» apporter quelque soulagement à l'état de
» son cher malade, se hâta d'acheter la pai-
» sible monture. Il ordonna à un domesti-
» que d'accompagner Nunzio, et d'exécuter
» ponctuellement les indications données
» par le docteur, pour que ces promenades
» produisissent un bon résultat.

» Le colonel voulut aider lui-même son
» protégé à se mettre pour la première fois
» en selle, et, avec sa sollicitude ordinaire,
» il le suivit du regard aussi longtemps que
» la route fut visible de la terrasse du châ-
» teau. Pendant tout ce temps, le domes-
» tique était aux petits soins, il tenait la
» bride de l'âne, modérait son allure, évitait

» le moindre obstacle qui eût pu donner à
» Nunzio une légère secousse. Le bon
» colonel, enchanté de ces manières, se féli-
» citait d'avoir donné un conducteur si sûr
» et si attentif au malade. Mais à peine a-
» t-on perdu de vue le château que, tantôt
» surmenant l'âne, l'arrêtant au milieu de la
» route en plein soleil, le misérable domes-
» tique se répand en reproches et en inju-
» res ; de sorte que cette promenade hygié-
» nique se trouve transformée en une fati-
» gue pénible. Le doux enfant garda comme
» d'habitude le silence. Toutefois cet inci-
» dent l'avait si péniblement affecté, que le
» soir un de ses amis, étant venu le visiter,
» remarqua des traces de larmes dans ses
» yeux. Il l'interrogea avec tant d'instances
» qu'il lui arracha son secret.

» —Mais c'est épouvantable! s'écria-t-il, et
» si vous ne voulez pas prévenir le colonel,
» je me charge de le faire.

» — Oh! s'écria Nunzio d'un ton de sup-

» plication et d'angoisse, oh ! je vous en
» supplie, n'en faites rien ; il en résulterait
» des conséquences si fâcheuses pour ce
» pauvre homme...! Prions plutôt le bon
» DIEU de toucher son cœur.

» Et il ne laissa pas s'éloigner son ami que
» celui-ci ne lui eût promis de ne rien dire.»

Jamais Nunzio ne fit entendre aucune
plainte contre des serviteurs qui le traitaient
si durement ; au contraire il s'efforçait toujours d'atténuer leurs torts. Un jour le colonel fut informé par hasard qu'un domesti-
que avait maltraité Nunzio et l'avait privé
de nourriture ; celui-ci fut désolé de cette
indiscrétion, et il supplia le colonel de se calmer, et de ne pas en vouloir à cet homme,
avec tant d'instances, qu'il finit par obtenir
son pardon.

Une autre croix, plus pénible à supporter parce qu'elle venait de sa famille même,
était réservée à Nunzio. Son oncle paternel,
François, dont l'affection et le dévouement

l'avaient arraché à la forge de Pescosansonesco pour le faire venir à Naples, ne tarda
pas à changer complètement d'attitude vis-à-
vis de son neveu ; envieux sans doute des
soins et de la tendresse dont Nunzio était
l'objet de la part du colonel, son affection pour
lui se changea en une sourde jalousie, et il
ne manquait jamais l'occasion de l'injurier,
de le maltraiter ou de le calomnier ; souvent
il le menaçait de l'accuser auprès du colonel
et de le faire chasser du château. Le pieux
infirme supportait cette nouvelle épreuve
avec sa sérénité habituelle et répondait avec
respect et humilité : « Ce sera comme il
plaira à DIEU. »

La charité de Nunzio aimait à se mani-
fester envers tous ceux qui l'approchaient
de la manière la plus charmante ; son cœur
avait une prédilection marquée pour les
enfants, et comme le divin Maître, il aimait
beaucoup à voir venir à lui les petits enfants.
Il aimait à répandre sur eux toutes ces peti-

tes douceurs qui lui avaient si cruellement manqué, à lui, dans son enfance. S'il les exhortait à être pieux et bons, il les encourageait aussi à l'aimable gaieté de leur âge ; il souriait à leurs jeux, et n'avait pas de plus grand bonheur que de leur distribuer les friandises dont on garnissait sa table, et auxquelles il ne touchait jamais pour lui. Parfois même il faisait acheter à leur intention quelques sucreries, quelques fruits de la saison, qu'il leur passait par les fenêtres de sa chambre. Cette fenêtre était bien connue, et une foule d'enfants, déshérités dans leur famille de tout bien-être et peut-être aussi de toute bonne parole, y venaient quotidiennement saluer *le saint*, l'égayer par leurs joyeux ébats et recevoir ses dons.

L'exercice de cette charité était une douce jouissance pour Nunzio; le cœur de l'infirme se dilatait dans cette compagnie; aussi lorsque le mal, qui faisait des progrès rapides, cloua le pauvre enfant sur son lit de souffrance et qu'il ne put plus s'approcher de la fenêtre pour échanger des sourires avec ses petits amis, ce fut un des grands sacrifices qu'il eut à offrir à DIEU.

Les vertus de Nunzio devaient, dès cette vie, ne pas rester sans récompense ; le Seigneur se plaisait à répandre sur son jeune serviteur des grâces spirituelles de plus en plus éclatantes. Pendant son séjour auprès du còlonel Wochinger, il fit en plusieurs circonstances des prédictions qui, malgré ce qu'elles pouvaient avoir d'extraordinaire et presque d'invraisemblable, se réalisèrent à la lettre. Ainsi il avait annoncé l'épidémie de choléra morbus qui, en 1836, quelques mois après sa mort, fit à Naples de si nombreuses victimes. Il prédit de même l'époque de sa mort avec toutes les circonstances qui devaient l'accompagner, etc., etc.

Les extases et les dons surnaturels que Nunzio avait déjà eus pendant son séjour à l'hôpital se renouvelèrent, et plus merveilleux encore, pendant qu'il habitait le château de son bienfaiteur.

Le colonel affirme sous serment l'avoir vu soulevé de terre pendant qu'il était en prière, et il ajoute que son visage angélique resplendissait d'une lumière céleste.

Le colonel raconte également qu'un jour, à la prière de Nunzio, un de ses serviteurs fut guéri subitement d'une très forte fièvre.

« Pendant qu'il était dans ma maison, dit le colonel, il apprit qu'un de mes domestiques, nommé Antonio Carbone, venait d'être atteint de la fièvre. Ce serviteur lui était dévoué et l'assistait dans son infirmité. A cette nouvelle, le bon jeune homme s'attrista et se mit à prier Dieu de lui envoyer à lui-même le mal. En effet la fièvre quitta aussitôt Antonio et envahit le serviteur de Dieu. J'ai été témoin oculaire de ce fait. »

Dans la petite chambre de Nunzio, près du lit où était étendu le pauvre infirme, se trouvait suspendue une grande image de Jésus Enfant. Le divin Enfant était couronné d'un nuage brillant et assis sur un monticule verdoyant au milieu des roses et des lis. Sur sa robe blanche s'étendait un petit manteau bleu, relevé gracieusement sur son bras droit, dont la main montrait son Cœur où brillaient trois flammes ; l'autre bras était étendu, la main ouverte, comme pour recevoir en don le cœur de ceux qui lui en feraient l'offrande (1).

Nunzio avait une vraie dévotion pour cette image et lui avait donné complètement son cœur. Il n'était pas de jour où il ne lui témoignât par de nouvelles preuves son affection. En sa présence l'image semblait s'animer et prendre une beauté nouvelle. Nunzio l'invoquait sans cesse, le jour et la nuit, et surtout pendant les jours qui précé-

1 D'après une antique tradition de la famille Wochinger, cette image de l'Enfant JÉSUS, invoquée avec ferveur pendant une tempête violente, étendit la main gauche pour calmer la mer furieuse, et cette main resta étendue pour conserver un souvenir éternel de ce prodige.

daient ou suivaient la fête de la Nativité ; il
lui semblait alors que l'image remuait les
yeux et ouvrait la bouche pour lui dire avec
une voix bien douce : « Mon enfant, donne-
moi ton cœur. » Et les habitués de la maison ont attesté avec serment, qu' « en présence de Nunzio, l'Enfant Jésus embellissait
son visage et faisait rougir son Cœur. »

De temps en temps aussi Nunzio voyait
son cher Enfant Jésus se montrer tout d'un
coup triste et changer d'aspect. Nunzio,
alors profondément affligé, appelait le colonel et lui disait : « Voyez, mon père, comme
les pécheurs font souffrir Jésus ! (1) »

---

1. Cette image, ainsi que le lit et les autres objets de la
chambre du Vénérable, se trouve actuellement dans le
Conservatorium du couvent de Sainte-Marie de la
Bonne Mort à Guigliano, en Campanie, auquel le colonel
Wochinger en a fait don. Ces bons religieux ont une
grande dévotion pour ces reliques, et racontent beaucoup
de grâces et de miracles qu'elles leur ont obtenus non
seulement pour eux, mais pour le bon peuple de Guigliano.

IL y avait environ trois ans que Nunzio avait été recueilli chez le colonel Wochinger, et qu'il édifiait la ville de Naples par le spectacle de ses souffrances et de ses vertus, lorsque, en 1835, son mal prit un développement rapide et des plus inquiétants. Le pieux colonel, se souvenant du soulagement momentané que les eaux d'Ischia avaient apporté déjà dans l'état de son cher protégé, voulut essayer encore une fois ce remède. Mais tout fut inutile ; la souffrance avait peu à peu épuisé les ressorts de ce pauvre corps usé avant l'âge, et les eaux d'Ischia, au lieu d'apporter dans l'état du malade l'amélioration attendue, ne firent qu'aggraver le mal.

Nunzio revint à Naples dans un état de maigreur et de faiblesse qui ne pouvait plus permettre aucun espoir. Le colonel, que son affection pour Nunzio empêchait de se ren-

dre à l'évidence, continuait à essayer tous
les remèdes possibles pour arracher à la
mort son cher protégé ; il réunit chez lui en
consultation les professeurs les plus renommés, afin de voir si vraiment il n'y avait
pas moyen de guérir un mal que la science
médicale déclarait incurable. Ils n'eurent
qu'une voix pour reconnaître le caractère
infectieux de la maladie, et déclarèrent que
le seul remède pour empêcher les progrès
de la carie, qui menaçait de dégénérer en
gangrène, c'était l'amputation de la jambe
infirme. Nunzio ne vit dans cette décision,
sujet d'horreur et d'effroi pour tout son
entourage, qu'un nouveau moyen de prouver
à DIEU son amour et de souffrir pour lui, et
il accepta ce calice d'un cœur calme et d'un
front serein.

Mais le Seigneur se contenta de cette
nouvelle offrande et n'en voulut pas l'accomplissement. Le saint jeune homme était
mûr pour le Ciel, et il allait recevoir sans

plus tarder la récompense promise à ceux qui ont souffert. Une terrible hydropisie, conséquence de la décomposition du sang, se déclara avec une violence extrême et envahit en quelques jours tout l'organisme du jeune homme. Son pauvre corps, affaibli par la souffrance, se mit à enfler peu à peu et d'une manière prodigieuse ; le pauvre Nunzio, étendu nuit et jour sur son lit de douleur « comme sur un buisson d'épines », ne pouvait pas trouver un instant de repos. Sa douceur, sa patience, sa piété, restaient inaltérables : unissant ses souffrances à celles de son divin Sauveur, il puisait dans leur spectacle la force de supporter vaillamment ses atroces douleurs.

Cependant la nouvelle de la mort prochaine de Nunzio Sulprizio commençait à se répandre ; tous ceux qui l'avaient connu, soit à l'hôpital, soit dans la maison du colonel, et avaient été les témoins de ses charmes et de ses vertus, voulaient le voir une dernière fois et se recommander à lui. Aussi vit-on des personnes de toutes conditions envahir la petite chambre du malade, qui les recevait tous avec bonté et douceur, leur donnait de bonnes paroles et de bons conseils. Il avait une ferme confiance que, malgré son indignité, le Seigneur le recevrait bientôt au paradis, et il promettait à ceux qui le lui demandaient de prier pour eux, et de se souvenir de tous quand il serait au Ciel.

Le 5 mars 1836, tous les signes d'une mort prochaine se manifestèrent avec évidence : ses jambes se couvraient d'une sueur froide et tout son corps était saisi d'engourdissement ; un froid glacial envahissait ses membres et tout son sang ; il dit alors au colonel, qui était accouru auprès de lui : « Mon père, donnez-moi le crucifix et faites appeler mon confesseur. — Je lui donnai son crucifix, ajoute le colonel, et il l'embrassa avec une affection et un amour inexprimable..... Il me sembla alors que son visage était celui d'un autre saint Louis de Gonzague. » Puis il se confessa et reçut les derniers sacrements avec la plus tendre piété. Ce moribond, qui ne pouvait plus remuer et presque pas parler, qui se trouvait dans un état de prostration complet, se ranima encore une fois en entendant le son de la petite clochette qui annonçait l'arrivée du Saint Viatique. Il se redressa, s'assit sur son lit, et, voyant apparaître le prêtre qui portait le Saint-Sacrement, il plia ses bras sur sa poitrine en forme de croix et s'écria d'une voix forte : « Voici !.. le gage de la vie éternelle !.. Venez, mon DIEU.... mon Père..... mon Seigneur.... mon Époux.... mon amour!. » Cette manifestation presque miraculeuse de foi et d'amour produisit la plus vive impression, non seulement sur le digne prêtre, qui ne put retenir ses larmes, mais sur les soldats qui accompagnaient le Saint Viatique, et sur tous les assistants. Nunzio reçut la

SAINT LOUIS DE GONZAGUE

en costume religieux.

sainte Communion et les derniers sacrements avec la manifestation de la plus vive
piété. Il retomba ensuite dans cet état de
prostration d'où l'avait tiré la visite du Sauveur.

Le prêtre, qui assistait à ses derniers moments, lui tendit le crucifix pour soutenir le
mourant dans le départ suprême. On vit
alors ses yeux s'illuminer de joie et sa
bouche sourire à la vue du Sauveur. Le
crucifix fut ensuite placé à côté de Nunzio
sur son oreiller, auprès d'une image de la
Sainte Vierge qu'il gardait toujours avec
lui, et, se tournant vers ces divins et fidèles
amis, il demeura immobile et comme en-
dormi. Sa respiration, qui diminuait peu à
peu, se transforma bientôt en un souffle
presque imperceptible : ce souffle lui-même
s'éteignit. Les assistants émus suspendirent
comme d'un commun accord les prières des
agonisants, et quelques minutes s'écoulèrent
dans un silence solennel que nul n'osait

troubler. Don Vincent, le vénérable pasteur et ami de Nunzio, se pencha sur lui pour lui dire un suprême adieu. L'âme du jeune homme venait de quitter sa dépouille mortelle.

Aussitôt, et au grand étonnement des assistants, une transformation s'opérait dans ce corps si cruellement défiguré et altéré par la maladie.

« Les yeux, disent les actes de la cause, étaient entr'ouverts et brillants, les lèvres souriaient avec une grâce indéfinissable, les chairs avaient pris l'apparence de la santé, et le teint était du plus vif incarnat. Son corps, que l'hydropisie avait gonflé et déformé, redevint tout d'un coup à son état normal ; en même temps un parfum céleste se répandit dans l'appartement, et tous observèrent que l'odeur merveilleuse provenait de la plaie du pied, qui, de gangrenée et fétide qu'elle était quelques instants auparavant, était devenue très belle à voir et tout embaumée.

« Le saint est au Ciel !... » s'écrièrent les
assistants, en se précipitant vers ce lit, témoin de tant de souffrances et de tant de
piété, que la mort venait de transformer en
une sorte d'autel.

La nouvelle de cette sainte mort se répand bientôt dans toute la ville de Naples :
« *Le saint* est mort ! » répète-t-on de toutes
parts ; et, de tous les points de la ville et des
environs, on accourt pour contempler, pour
vénérer *le saint*. L'affluence fut telle que
l'on dut prendre des mesures d'ordre pour
éviter l'encombrement. Des soldats furent
placés aux abords du château pour maintenir le flot des visiteurs, qui n'entraient qu'à
tour de rôle et en nombre déterminé.

Parmi les visiteurs, ceux-là mêmes qui
étaient venus attirés par la simple curiosité,
se sentaient pénétrés d'un sentiment de respect et de vénération, et beaucoup y pui-
sèrent des sentiments de foi et de ferveur
qu'ils n'avaient pas éprouvés depuis long-

temps. Le renom de sainteté qui entourait le lit de mort de Nunzio Sulprizio était si grand, qu'un grand nombre de visiteurs voulurent emporter, à titre de relique, quelque parcelle d'objets lui ayant appartenu ou ayant touché son corps. Le colonel Wochinger, qui se sentait tout heureux de l'hommage rendu aux vertus de son protégé, s'efforça de satisfaire à ces pieux désirs : « Il mit en pièces le linge, les habits de Nunzio, et distribua les morceaux aux solliciteurs. » Le désir de se procurer des reliques de Nunzio arriva à un tel excès que l'on dut recourir à la force publique pour empêcher la piété des fidèles de dépouiller le cadavre et de lui enlever tous ses cheveux.

Pendant cinq jours entiers que le corps resta exposé à la vénération des fidèles, l'affluence ne diminua pas un instant ; et, pendant cette longue période, le corps de Nunzio, qui, selon les lois de la nature, eût dû s'altérer très rapidement à cause de la nature même de sa maladie, conserva ces apparences de vie et de fraîcheur dont la mort l'avait revêtu ; au contraire, la bonne odeur qui s'exhalait de la plaie, ainsi que l'éclat du teint, ne firent qu'augmenter de jour en jour.

« A cette nouvelle, l'autorité ecclésiastique s'émut ; une Commission fut nommée et alla examiner le fait ; avec cette prudente sagesse que l'Église catholique apporte en tout ce qui touche à l'ordre surnaturel, les membres de la Commission s'adjoignirent plusieurs médecins choisis parmi les plus honorables et les plus renommés. Ceux-ci, voyant la flexibilité des membres du vénérable corps, eurent la pensée de se rendre compte de l'état et de la nature du sang. Ils donnèrent à chaque main un coup de lancette, et, à la vue des membres de la Commission ecclésiastique, la chambre étant en outre pleine de curieux, le sang jaillit vif et vermeil. Les envoyés de l'archevêque de Naples et avec eux tous les assistants s'écrièrent : « Celui-là est vraiment un saint. »

Un autre fait non moins extraordinaire est encore à noter ici : les fleurs avec lesquelles on avait tressé la couronne, qui fut posée au moment de sa mort sur la tête du cadavre, conservèrent pendant tout ce temps leur fraîcheur et leur éclat.

Enfin le 10 mars, le corps de Nunzio fut placé dans un double cercueil en bois, scellé par l'autorité diocésaine, et il fut enseveli avec toute la pompe qu'autorise la liturgie catholique dans la paroisse palatine de St-Sébastien Martyr.

On avait placé sur le cercueil cette inscription :

« Ici repose le serviteur de DIEU Nunzio Sulprizio, des Abruzzes, décédé à l'âge de 19 ans, le 5 mars 1836. »

Ses restes vénérables reposent aujourd'hui dans l'église de Saint-Michel-de-Portalba, où ils ont été transférés le 31 août 1874.

On y lit cette inscription :

HIC JACET

CORPUS. VEN. SERVI. DEI NUNTII. SULPRITII

ADOLESCENTIS. DIŒCESIS. PINNENSIS

E. PARŒCIA. S. SEBASTIANI. M.

IN CASTRO NOVO. NEAP.

HUC. TRANSLATUM. DIE. 31. AUGUSTI. 1874

AUCTORITATE. ET. INTERVENTU

CURIÆ. ARCHIEPLIS. NEAPNÆ

OBIIT. NEAPOLI. DIE. 5. MAJI. 1836

Le colonel Wochinger, qui voulait conserver l'image des traits de Nunzio, fit faire son portrait sur son lit de mort par un artiste de talent, Maldarelli. Ce portrait représente Nunzio Sulprizio, les mains jointes sur la poitrine, et en train de regarder l'image de son Enfant-Jésus, suspendue au mur de sa petite chambre. Il se trouve actuellement entre les mains de la noble famille Sirignano, à qui le colonel Wochinger, son parent, le légua en mourant avec quelques autres souvenirs de Nunzio.

APPENDICE

APRÈS LA MORT.

APPENDICE.

C'EST toujours après leur mort que la renommée des vertus des saints brille du plus grand éclat. A peine Nunzio Sulprizio avait-il rendu le dernier soupir, qu'un concert de louanges et d'admiration s'élevait de toutes parts, pour célébrer et honorer le courage héroïque de ce jeune disciple de la Croix. Sa renommée se répandit en Italie avec une rapidité prodigieuse ; les lieux témoins de sa vie et de ses souffrances devinrent un but de pèlerinage ; on voulut avoir son portrait, se procurer quelque souvenir de lui. Et qu'est-ce qui pouvait attirer autour de ce nom obscur tant d'attention et de vénération ? Nunzio était d'une naissance obscure ; c'était un pauvre orphelin infirme, recueilli par charité dans un hôpital, et qui venait de mourir sans avoir fait aucun bruit dans le monde. Il fallait que ses vertus, que sa sainteté, brillassent d'un bien vif éclat pour attirer ainsi tous les regards et tous les cœurs autour de son cercueil.

De nombreux miracles, qui ne tardèrent pas à s'accomplir auprès de ce tombeau, vinrent donner à Nunzio Sulprizio l'auréole de prédestination que l'opinion publique lui avait déjà décernée. « Cet enfant, ce jeune homme, qui avait traversé la vie dans un état de pauvreté et de dépendance absolue, cet infirme, qui ne pouvait suffire par lui-même à aucun de ses besoins, est à peine mort qu'on le voit, dispensateur de précieux trésors de miséricorde et de bénédiction, obtenir à ceux qui l'invoquent les grâces les plus signalées. Il obtient aux malades la santé, qui lui a fait défaut à lui-même ; il sèche les larmes de ceux qui pleurent, lui qui a tant étouffé de sanglots en son cœur. Il fait rentrer la joie et le bonheur dans les familles en deuil, lui pour qui le foyer paternel s'est éteint de si bonne heure ; en un mot, chacune de ses souffrances, chacune de ses privations, lui est payée par le souverain Rémunérateur, dans la personne et au profit de ceux qui, par delà la tombe, ont recours à sa charité. »

En quittant Pescosansonesco, Nunzio y avait laissé un cousin pour lequel il avait une profonde amitié. Au moment du départ, la douleur de la séparation avait été réciproque, mais Nunzio, voyant le désespoir de son cousin, s'était efforcé d'adoucir cette douleur en lui disant : « Je te promets de revenir te trouver. » Le 5 mars 1836, tout à fait à l'improviste, ce jeune homme vit

venir à lui, avec un visage heureux et souriant, Nunzio Sulprizio lui-même qui lui
dit : « Me voici ; je suis venu te trouver,
je suis heureux maintenant. » Et il disparut.

Cette première manifestation eut lieu au
moment même où Nunzio rendait le dernier
soupir.

Le colonel Wochinger ne devait pas tarder à éprouver lui-même la bénédiction du
doux enfant qui avait été son protégé et son
modèle ; le brave colonel, tout en reconnaissant avec certitude que Nunzio avait
quitté la terre pour un monde meilleur, ne
pouvait s'empêcher de regretter son ami ;
« il ne pouvait se consoler d'avoir perdu
l'ange de vertu, qui lui enseignait si éloquem-
ment à supporter bien chrétiennement les
maux de la vie, en vue de l'éternité glorieuse. Depuis que Nunzio s'était envolé

au Ciel, il lui semblait que sa maison était vide. »

Deux semaines s'écoulèrent dans l'âpreté d'un chagrin qui l'empêcha d'entrer dans la petite chambre témoin de la maladie, des souffrances et de la mort de Nunzio. « Environ quinze jours après la mort du serviteur de DIEU, raconte le colonel, je me décidai à rentrer dans la chambre de Nunzio, et là, appuyé sur le lit où avait reposé le saint infirme, je m'écriai dans un transport de douleur : « Nunzio, mon cher Nunzio, pourquoi m'avez-vous abandonné ? » En prononçant ces paroles, le colonel ressentit une inexplicable commotion se produire dans son cœur. Il releva vivement la tête ; la chambre était remplie d'une vapeur embaumée, d'une odeur surnaturelle et vraiment céleste, qui émanait du lit et des objets ayant appartenu à Nunzio. Ce même fait se reproduisit plusieurs fois et en différentes circonstances. « Je vis dans ce fait surnaturel, ajoute le colonel, une preuve que le Seigneur voulait de grandes choses de son pieux serviteur. »

Quelque temps après une dame de Corte, qui accompagnait à cheval la reine de Naples, fit une chute et se fractura un genou. Le colonel Wochinger se trouvait présent ; il exhorta cette dame, pour trouver un soulagement aux douleurs aiguës qu'elle ressentait, de se confier à l'intercession de Nunzio. On lui appliqua comme unique remède des bandes dont celui-ci avait coutume de se servir pour soigner sa carie . Aussitôt la douleur disparut et le lendemain la blessée était complètement guérie. En présence de ce fait, le roi Ferdinand II voulut que la cause de béatification et de canonisation du serviteur de DIEU fût introduite à Rome, et il voulut contribuer aux premières dépenses, en versant la somme de mille ducats.

Vers la même époque, Francesco Bartoleschi, avocat des causes de canonisation à Rome, fut atteint du choléra morbus, qui, en peu de temps, mit sa vie en grand danger. Il se souvint alors de Nunzio, il promit de s'occuper de sa cause, et ensuite, prenant une image que lui avait envoyée le colonel Wochinger, il se l'appliqua sur le corps avec une foi vive. Le malade se sentit guéri à l'instant, et dans sa joie il écrivit aussitôt au colonel, à Naples, pour lui faire part de sa merveilleuse guérison.

Nous avons eu déjà occasion, dans le cours de ce récit, de parler de la fontaine de Riparossa (Rocher Rouge), à laquelle Nunzio avait l'habitude, lorsqu'il était encore apprenti à Pescosansonesco, d'aller laver et rafraîchir ses plaies. Cette fontaine devint bientôt un lieu de pèlerinage, et de nombreux malades, en se plongeant dans ses eaux salutaires, recouvrèrent la santé et la force.

Nous pourrions citer de nombreuses guérisons accomplies par l'eau de cette fontaine, comme celle de la princesse de Leuconi, qui fut guérie d'une tumeur à la poitrine, du Révérend Ignace Sonsine, qui fut délivré d'un abcès mortel, de Giancarlo Cetra, qui vit disparaître tout à coup des douleurs rhumatismales dont il souffrait depuis quarante ans, etc., etc. Des cancers, des ulcères de toute nature, disparurent dans ces eaux bienfaisantes ; il semble qu'elles étaient particulièrement salutaires pour les maladies du genre de celle dont avait souffert Nunzio.

Un grand nombre de faits miraculeux, de secours surnaturels, se sont produits par l'intercession de Nunzio. Ces faits ont été consignés dans le procès de béatification. Nous nous contenterons d'en citer quelques-uns :

« Les enfants d'un employé des postes, à Naples, jouaient sous les yeux de leur mère ; un d'entre eux se laisse tomber et se casse le bras. La douleur est si vive que la pauvre petite créature, faible et délicate d'ailleurs, éprouve des spasmes qui dégénèrent bientôt en convulsions effrayantes ; sa vie est en péril. Le père, fervent admirateur des vertus de Nunzio, songe aussitôt à mettre le blessé sous la sauvegarde du serviteur de Dieu. Il fait plus : il applique une image du saint sur le bras cassé ; aussitôt un sourire angélique remplace les contractions de la douleur sur les traits de l'enfant, qui revient à lui, et, frappant ses petites mains l'une dans l'autre, s'écrie : « Je n'ai rien ! je n'ai plus rien ! » Et en effet le bras ne conserve plus trace de sa fracture, et l'enfant se sent guéri et bien portant.

Dans une autre famille, une jeune fille, Candide Cacchioni, souffrait d'une gastrico-nerveuse compliquée d'une inflammation des amygdales, arrivée à un tel point qu'elle ne respirait plus qu'à grand'peine.

Une opération devenait nécessaire. Mais, avant de recourir à ce moyen extrême, la mère éplorée tourne les yeux vers le vénérable Nunzio ; elle prend une de ses images qu'elle avait dans la maison, et la remet à sa fille en lui faisant administrer les derniers sacrements. Deux heures après, un grand soulagement se faisait sentir dans l'état de la malade, une matière purulente s'échappait des amygdales avec abondance, et la malade s'endormait d'un paisible sommeil. Le lendemain, il n'y avait plus trace de la maladie, et les médecins reconnais-

saient qu'il y avait vraiment là une guérison
miraculeuse.

En 1842, un homme d'une quarantaine
d'années était atteint à la tête d'une tumeur
maligne, maladie douloureuse et qui semblait nécessiter une opération dangereuse.
Avant de s'y résoudre, le malade voulut
recourir à Nunzio Sulprizio ; il se rendit,
avec quelques personnes de sa famille, à son
tombeau et obtint quelques reliques. Le mal
disparut à l'instant et le miracle a été attesté
par plusieurs médecins.

Une femme souffrait depuis vingt ans de
douleurs intolérables dans la tête. Aucun
remède ne pouvait même soulager ces terri-
bles névralgies. Cette femme entend parler
accidentellement de quelques miracles obtenus par l'intercession *du saint*. On lui procure une de ses images, et elle se l'applique
sur la tête en appelant Nunzio à son secours.

Aussitôt les douleurs cessent et la malade est complètement guérie.

Ferdinand Troya, président de la Cour civile de Naples, était atteint d'un phthisie que les plus savants professeurs déclaraient incurable : un prêtre de ses amis lui conseilla d'avoir recours à Nunzio Sulprizio, lui disant que c'était un jeune homme tout-puissant auprès de Dieu, à cause de la vie sainte et vertueuse qu'il avait menée.

Le président suivit de bon cœur ce conseil, et cet excellent remède ne tarda pas à produire son effet ; au bout de trois jours, tout péril était conjuré ; il put se faire transporter à Sorrente pour changer d'air, et la guérison fut bientôt complète. Le docteur Lanza a affirmé sous serment « que la guérison de la phthisie du président Troya était un fait miraculeux. »

Un marchand de draps de Naples souffrait cruellement d'une tumeur interne à la gorge : tous les remèdes échouaient. Les médecins décidèrent qu'une opération, malgré tout le danger qu'elle présentait, était indispensable. Sur ces entrefaites, arriva Antonio Carbone ; entendant la décision des médecins, et plein de foi dans l'intercession de Nunzio, il leur dit: «Suspendez l'opération, je vais vous apporter l'image *(figura)* d'un jeune homme, mort en odeur de sainteté, qui fait beaucoup de miracles ; appliquez-la sur votre gorge avec confiance et vous serez sûrement guéri. » Et c'est ce qui arriva ; l'image de Nunzio était à peine posée sur la gorge du malade qu'il sortit de son profond abattement, ouvrit les yeux et s'écria d'une voix forte : « Venez, venez voir ! j'ai obtenu la grâce ; ma tumeur est partie, je suis guéri. Il est venu un jeune homme qui m'a guéri. » C'était Nunzio

Sulprizio qui avait opéré un nouveau miracle.

Une pauvre femme, Fortunée Pennacchia, ayant perdu son petit enfant, avait adopté un enfant abandonné que l'hospice lui avait confié. Au bout d'un mois, le pauvre enfant fut atteint d'une maladie terrible ; une sorte de lèpre se déclara sur tout son corps et ne tarda pas à se transformer en une plaie infecte. Ce n'était plus qu'une masse en putréfaction. Les médecins appelés en consultation déclarèrent « que, pour guérir ce pauvre petit être, il faudrait le jeter dans un creuset et le refondre. » La mère adoptive tourna alors du côté du Ciel toute son espérance. Ayant pu se procurer un morceau de vêtement ayant appartenu à Nunzio, elle l'appliqua sur les diverses parties de ce corps rendu informe par la maladie. Trois jours après, les plaies étaient cicatrisées, la lèpre tombait d'elle-même, et était remplacée par une peau lisse et fraîche comme celle d'un enfant nouveau-né. L'allégresse de la mère n'eut d'égale que la stupéfaction des médecins.

Un honnête père de famille, Joseph Buonocore, souffrait depuis douze ans d'une hernie invétérée, et il s'était décidé à en subir l'opération. Le malade, confiant dans la puissance de Nunzio, appliqua avec foi l'image du saint sur la partie malade, qui était dure comme une pierre. Il éprouva un soulagement immédiat et le lendemain était en voie de guérison. Quand les médecins revinrent pour faire l'opération, ils furent stupéfaits de cette merveille, et ne purent que féliciter le malade de la faveur insigne dont il avait été l'objet.

Une religieuse du monastère des Orphelins à Chieti fut guérie subitement, en invo-

quant Nunzio Sulprizio, d'un rhumatisme
chronique, qui la torturait depuis quatorze
ans et l'empêchait de faire les moindres
mouvements.

Une aveugle, nommée Flora Giamberar-
dino, recouvrit la vue par la simple invoca-
tion du nom de Nunzio Sulprizio.

Nous pourrions multiplier ces citations,
car les dossiers du procès de canonisation
abondent en faits du même genre ; ils suffi-
sent, croyons-nous, pour montrer la puissance des prières adressées à Nunzio Sulprizio, et la confiance que l'on doit avoir
dans son intercession.

Faut-il s'étonner si, en présence de tant
de marques éclatantes de prédestination,
l'Église, s'efforçant de répondre aux vœux
des pieux Napolitains, a, presque aussitôt
après la mort de Nunzio, prescrit une en-
quête, à la suite de laquelle la cause de

béatification fut introduite devant la Sacrée Congrégation des Rites ? Le colonel Wochinger voulut en prendre à sa charge tous les frais : après avoir été le protecteur de Nunzio pendant sa vie, il voulut, après sa mort, lui continuer l'aide de son patronage et se dévoua avec un zèle infatigable à en presser toutes les formalités. La mort du pieux officier sembla devoir apporter quelque ralentissement dans la marche du procès ; mais DIEU suscita alors à son humble serviteur des appuis inattendus, doux et innocents comme lui.

« A la nouvelle que le procès de béatification du *saint apprenti* va être forcément suspendu, les enfants des écoles pauvres de Rome et de Naples s'émeuvent. Ce ne sont pas les riches ni les puissants de la terre, mais d'humbles écoliers qui reprennent l'œuvre de glorification commencée par le colo-

nel Wochinger. Impatients de voir sur les
autels le nouveau patron, dont la vie convient si bien comme exemple à leur vie et
à leur condition, ils s'organisent en sections
dont chaque membre paie non seulement
une cotisation fixe, mais ajoute encore à
cette cotisation tout ce qu'il peut économi-
ser sur ses menues dépenses.

» Bientôt la vaillante et douce victime de
l'obéissance, du devoir, de la charité, aura
ses chapelles, ses autels ; et à la jeunesse
des écoles, des ateliers, des patronages, re-
viendra l'honneur d'avoir tressé de ses
mains la couronne de gloire de ce nouveau
et puissant patron. »

Le 14 juillet 1859 l'introduction de cette
cause a été signée par le Souverain-Pontife
Pie IX, qui s'y intéressait spécialement ; et,
selon les règles de la Sacrée Congrégation
des Rites, Nunzio Sulprizio a été déclaré,

dès le même jour, *Vénérable*. C'est sous ce

Pie IX.

titre que nous pouvons dès aujourd'hui l'honorer et le présenter comme patron aux jeunes ouvriers ; c'est sous ce titre que nous pouvons lui demander de les bénir et de faire prospérer les œuvres qui s'en occupent.

Puisse-t-il, du haut du Ciel, diriger dans la voie droite les ouvriers, ses frères, et faire naître dans leur cœur ces deux amours qui remplissaient son âme : l'amour de DIEU et l'amour du devoir !

TABLE DES MATIÈRES.

Iʳᵉ Partie. — L'Enfant.

CHAPITRE TROISIÈME.

CHAPITRE QUATRIÈME.

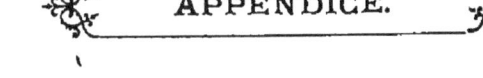

APPENDICE.

𝕾𝖔𝖈𝖎𝖊́𝖙𝖊́ 𝖉𝖊 𝕾𝖆𝖎𝖓𝖙-𝕬𝖚𝖌𝖚𝖘𝖙𝖎𝖓.

DESCLÉE, DE BROUWER ET Cie.

LILLE. — Rue du Metz, 41. — 1891.

Société Saint Augustin, Desclée De Brouwer & Cie